VIVER O MEDO

JEAN-CLAUDE BERNARDET
SABINA ANZUATEGUI

Viver o medo

Uma novela pornô-gourmet

Companhia Das Letras

Grafia atualizada segundo o Acordo Ortográfico da Língua Portuguesa de 1990, que entrou em vigor no Brasil em 2009.

Capa e ilustração de capa
Kiko Farkas/ Máquina Estúdio

Preparação
Márcia Copola

Revisão
Huendel Viana
Luíza Côrtes

Dados Internacionais de Catalogação na Publicação (CIP)
(Câmara Brasileira do Livro, SP, Brasil)

Bernardet, Jean-Claude
Viver o medo : Uma novela pornô-gourmet / Jean-Claude Bernardet, Sabina Anzuategui. — 1ª ed. — São Paulo : Companhia das Letras, 2025.

ISBN 978-85-359-4195-1

1. Ficção brasileira I. Anzuategui, Sabina. II. Título.

25-273143 CDD-B869.3

Índice para catálogo sistemático:
1. Ficção : Literatura brasileira B869.3

Aline Graziele Benitez – Bibliotecária – CRB-1/3129

EDITORA SCHWARCZ S.A.
Rua Bandeira Paulista, 702, cj. 32
04532-002 — São Paulo — SP
Telefone: (11) 3707-3500
www.companhiadasletras.com.br
www.blogdacompanhia.com.br
facebook.com/companhiadasletras
instagram.com/companhiadasletras
x.com/cialetras

Esta é uma novela de memórias,
com segredos de polichinelo.

Filmávamos as fobias: cobras, ratos, pênis de borracha. O álcool era proibido no set. Caindo a noite, o uísque aparecia. Bebíamos em torno da mesa, nós, roteirista, compositor, diretor. Cláudia Priscilla me pergunta como interpreto as fobias do filme. Surgem os Tigres de Papel. Os Tigres são monstrengos que criamos para esconder uma realidade ainda mais temível, uma verdade fundamental que se esconde atrás do Tigre. O uísque deixava minha língua embolada, mas se falasse dos Tigres sem nitidez, não valorizaria a expressão. Me esforcei para pronunciar com firmeza essa e outras palavras.

— A esperança é que diante de um rato, diante de uma cobra, a pessoa se descontrole. Que ela não possa se dominar. Que sua reação extravase o controle sobre si mesma. É essa imagem que procuro. Tudo é feito para a imagem.

Depois da mixagem, fomos jantar. Armaram uma fileira de mesas. Sentei ao acaso. O compositor, em pé, me olhou persistente, era inequívoco, Quero transar com você. Meu olhar escapou. Não havia lugar perto dele, sobrava uma cadeira a meu lado. Percebi um momento de hesitação, acho. Alto, barriga chata, cabelo preto, um tesão. Durante a refeição seu olhar me perseguiu, o meu fugia. Hora das despedidas, abraços e beijos na calçada da Frei Caneca. Te ligo. Tchau, pessoal — vou me afastando pela calçada. Tchau, compositor.

Foi antes do acidente.

Vejo minha vida, minha vida sexual com homens, um desastre. Antecipação do perigo? O perigo não existe. Se eu não ficasse em ereção, o compositor não se abalaria. Sem ereção, eu cheiraria suas axilas, lamberia seus mamilos, chuparia seu pau. Eu não me desculpo, escrever me atormenta. Tenho que acabar este livro antes que ele me mate.

Os fóbicos concorreu no Festival de Brasília em 2008. Ganhou Melhor Filme, Melhor Direção de Arte, Melhor Montagem. Um crítico escreveu: "Final chocho para festival idem. Venceu um filme vaiado, mas nem as vaias foram calorosas. Leva para casa também o prêmio da crítica, em votação nada entusiástica". A notícia ainda informava: "Thomas Tremblay [eu] ganha o Candango de Melhor Ator".

Ganhei o troféu e dez mil reais.

O diretor gostou: "O filme está sendo chamado de documentário por aí, e nós estamos achando bom. Mas, se fosse um documentário, na saída Thomas e eu seríamos presos".

Passaram-se oito anos e aconteceu.

Aconteceu comigo e com milhares de homens: cirurgia da próstata e suas consequências, impotência e incontinência urinária. É o que conta Nathan Zuckerman: não há nada que restaure a lesão dos nervos resultante da prostatectomia radical.

Zuckerman tinha sessenta e dois anos quando o urologista diagnosticou seu câncer. Solidário, o médico comentou:

— É uma pena eu não lhe dar esse diagnóstico só daqui a dez anos.

Como se, depois dos setenta, a impotência fosse menos dolorosa.

Zuckerman tentou minimizar a perda da ereção fingindo que seu desejo diminuíra naturalmente. O incômodo da incontinência, porém, era mais difícil de suportar. Procurou outro urologista, que havia conseguido bons resultados injetando colágeno no colo da bexiga, através de um catéter. A melhora tinha sido significativa em cerca de cinquenta por cento dos seus pacientes.

Não moro em Nova York. Não procurei tal médico.

A meditação é a seguinte: foi um acidente.

Eu poderia ter escapado? Poderia ter evitado? Os acidentados logo descobrem: é inútil lamentar.

Há oito anos, fui operado do meu câncer. A ereção nunca voltou. Tomei Viagra e outras coisas que não sei; me coloquei em situações sexuais com amigos, principalmente um amigo. Nada deu certo. Mateus falou de uma injeção no pênis na hora da relação, e garantiu:

— Atores pornô trabalham com isso.

Vimos um vídeo que me afligiu. O cara se picava com naturalidade. Um urologista paulista confirmou: a injeção era a última alternativa. Para mim, a ereção deveria nascer da ternura. Não me injetei.

* * *

Ontem fui ao psicanalista, a terceira sessão desde que voltei pra análise. É o mesmo com quem me consultei há quatro anos, antes da pandemia. Levei essa questão que me abala, me assola. Ele pouco disse, embora, em outras épocas, falasse bastante. Ontem perguntei:

— O que faço com isso?

Ele respondeu:

— Você vai ter que assumir essa impotência.

O que não sei como se faz. Os médicos não me avisaram desse risco. Se o urologista tivesse me alertado, talvez eu nem tivesse operado.

(1) Quatro dias depois do acidente, Alfredo (o generoso) me chupou, se deixou chupar, me comeu e não se perturbou com minha flacidez. O médico tinha avisado que eu poderia ter uma disfunção erétil, raríssimo, improvável. Caiu a ficha, o improvável estava acontecendo. Foi ali, na cama de Alfredo, que me dei conta: (nada) aconteceu. Não falei nada, todo mundo brocha de vez em quando. Alfredo não culpou a operação da próstata.

(2) Um pornô na TV. Ajeito a cadeira, ansioso, aproximo a mão da braguilha. Me levanto, volto com um rolo de papel higiênico. Vai funcionar? Ontem fiquei na cama, nu da cintura pra baixo, alimentei fantasias eróticas. E não deu. Na TV, um grisalho em seu carro olha pela janela um adolescente que se masturba. O voyeur abre a calça. Vejo a cueca tensa, também abro minha calça. Me esfrego por cima da cueca. E nada. Já catorze noites sem ereção. Poderia ticar a

parede como um preso que conta seus dias de encarceramento.

(3) Bati à porta do Borges, o peguei pela cintura e o apertei contra mim. Ele me pegou pelo pescoço. Nos beijamos, e aí percebi que minha cueca estava encharcada de urina. Que a urina já embebia o espesso moletom. Afastei Borges e fui embora rapidamente com esperança de que sua calça não tivesse sido molhada. Ereção nenhuma.

Em *Os fóbicos*, José Mojica observa um homem que chora amarrado a uma gaiola de ratazanas:

— O pinto dele está totalmente caído. Numa hora dessas, a pessoa não sente nada, fica completamente mole, é como se não existisse.

Diz o psiquiatra Ariel Bogochvol:

"O medo comum tem um objeto de que se aceita que haja temor. Na fobia, entende-se que tal objeto não deveria causar medo. Uma estatística de 1992 apontava sintomas fóbicos em cinco a dez por cento da população. Acho que é muito mais que isso."

Freud não aparece em *Os fóbicos*. Oitenta anos antes, escreveu:

"'Terror', 'medo' e 'angústia' são empregados erradamente como sinônimos; mas podem se diferenciar de modo claro na sua relação com o perigo. 'Angústia' designa um estado como de expectativa do perigo e preparação para ele, ainda que seja desconhecido; 'medo' requer um determinado objeto, ante o qual nos amedrontamos; mas 'terror' se denomina o estado em que ficamos ao correr um perigo sem estarmos para ele preparados, enfatiza o fator da surpresa."

* * *

— A fobia é uma metáfora? Você cria um objeto de terror na sua frente, você projeta sua angústia sobre esse objeto, para mascarar a angústia fundamental. Para você não ter acesso a ela.

A impotência é minha fobia? É meu Tigre de Papel?

A ideia do suicídio me ronda e, ainda assim, a morte me apavora.

Comecei a escrever. As dificuldades desse processo me levaram à depressão. Pelo telefone, conversei com Mateus. Falei dos temas que ele já conhece: minha incapacidade de ereção, minha idade. Mateus interrompe minhas lamúrias:

— Esse medo é frequente entre jovens. Caras de vinte anos tomam Viagra — ele diz. E completa: — Se escrever sobre isso, você vai vender muito.

Ligo pra Milena — ela, que acreditava estar livre de mim. Me explico, depois me arrependo. Fui precipitado, quero escrever, mas não tenho certeza se quero publicar. Me pergunto se esta é a última imagem que vou deixar.

Se Milena aceitar meu convite, teremos de seguir um código de civilidade. Delimitar um âmbito com precisão. Falar de sexo não implica usar vocábulos chulos.

"Tive relações sexuais com um homem e gostei. Sou honesto com você, temos que interromper nossa relação."

Como contar a Milena dessa carta que mandei à namorada de Ontário? Um homem só ou mais? Apenas a primeira carta ou o desenvolver da correspondência? Detalhes das minhas atividades eróticas, penetração etc. Controlar a voz, os gestos. Para quem esse texto? Para o público? Meu retrato sexual para o público?

Talvez lhe diga que sou eunuco. Seria um início retumbante.

Anos 1950. Adolescente, eu tomava dois bondes para ir ou voltar do liceu. Um camarão e uma jardineira, gastávamos um tempo infinito. O camarão estava sempre lotado, corpos suados e espremidos. Quase todo dia, duas paradas depois da minha, subia um homem. Conseguia furar o bloqueio dos corpos e encostava-se em mim. Era baixo, gordinho, olhos de peixe morto, uns quarenta anos. Semanas passando, deu pra botar a mão na minha bunda. Petrificado, não reagi. Minha inércia o encorajava. Pegava minha mão e encostava na braguilha. Entre enojado e fascinado, eu apalpava o membro em ereção. Audácia, ele se desabotoava. Um dia, o lúbrico ejaculou na minha calça. Voltei para casa com a roupa melada.

Num dia de sol, Janik, Baron e eu descemos pra Santos só com o dinheiro de ida e volta. Janik era polonês, não lembro seu primeiro nome. Criticava nossos cabelos, de um "loiro decadente". Levei tempo para compreender que nossos cabelos não eram arianos.

Em Santos, roubamos pra comer. À noite fomos à praia. Encontramos uma barraca, quatro paus e uma cobertura de lona. Começamos a beber, Baron tinha surrupiado uma garrafa de conhaque Domecq.

Baron era o mais sexuado e arrogante de nós. Falava em camisinha. Perguntei o que era.

— Mais tarde cê vai saber — respondeu.

Ao amanhecer, acordei abobalhado, de ressaca, deitado

de barriga. Um casal passou, olhou. Prosseguiu. Eu estava com a calça nos joelhos. Só podia ter sido Baron. Ter sido o quê? Não sei, não senti nada. Não percebi nada. Minha cueca estava cheia de areia. Os outros estavam encostados nos paus da barraca, em silêncio.

No sábado seguinte, os pais de Baron ofereceram um coquetel pra festejar os dezoito anos do filho. Eu estava numa poltrona com um copo vazio. Baron passou pra me servir, segurei o pulso dele, se afastou com uma gargalhada:

— Cê gostou!

Uns doze anos depois, Baron veio me visitar com a esposa. Eles moravam na Colômbia, sem filhos. Minha esposa e eu já tínhamos nossa filha.

Dez anos atrás, fui ator num filme em Pernambuco. Fiquei nu, entrei numa mala de viagem e fecharam o zíper. Na projeção em São Paulo, alguns parentes meus saíram da sala, indignados. Alguém perguntou:

— Por que deixa essas pessoas se aproveitarem de você?

Milena me envia mensagem de voz pelo celular. Está de férias, quer antecipar nossa reunião. Quando ela chega, explico minhas dificuldades com o computador. Escrevi num arquivo com senha, porém não o encontro mais. Ela senta à mesa e procura. Com o mouse, abre um texto, abre outro, lê algumas palavras e me pergunta se as reconheço.

Desisto:

— Vou escrever de novo — digo.

Pelo telefone, conto do projeto à minha filha.

— Milena saberá todos os teus segredos — ela comenta.

* * *

Trinta dias depois (fim das férias), Milena chega às quatro da tarde. Em pé, segurando a porta aberta, eu a espero. Ela desce do elevador e me cumprimenta com um beijo no rosto. Sigo para minha poltrona salmão, ela se acomoda na minha frente. Apoia seu caderno nas pernas.

Pergunto:

— Você leu?

Ela pode dizer sim ou não. Se ela disser que sim, que já leu e já sabe de tudo, eu ficaria aliviado. Choraria? Milena responde sem sinal de comoção:

— Li.

Por muitos anos, trabalhei com Yolanda, que era mãe de filhos adultos. Yolanda me recebia e preparava o jantar, comíamos juntos. Yolanda me mimava. Eu não mostraria nada disso a ela, apesar de sua insistência.

Ofereço água e café a Milena, que recusa. Finalmente, diz:

— Ninguém espera que você seja potente aos oitenta e sete.

Ela copiou frases que publiquei há trinta anos, e as lê para mim:

— "Quem nos quer bem, quer nos proteger, traz conselhos que vamos assimilando num momento de fraqueza, querendo ser protegidos. Isso é mortal. Nossos protetores são agentes funerários... O chão dos falsos anjos da guarda é pantanoso."

— Escrevi isso?

— Sim.

É verão, o ventilador está ligado. O calor me cansa, as ideias me fogem.

— Não sou anjo da guarda — Milena diz.

Toca a sirene da *Gazeta*. Antes o som anunciava a edição vespertina do jornal. Hoje avisa apenas que são dezoito horas. As notícias, assisto na TV.

— Quer parar? — Milena pergunta.

Respondo:

— "Quer parar?" é um bom título.

Saímos da água, a madrasta e as crianças. Primeira praia depois da guerra, castelos de areia, o sol, ondas quebrando, vôlei. Com um dedo indignado, a madrasta aponta um jogador. Sua sunga deixava escapar uma bela nádega, hoje glúteo.

Reformei meu banheiro em 1999. Fomos à Telhanorte comprar uma pia e torneiras para água fria e água quente. Escolhi um novo piso.

— Esse é escorregadio — avisou Yolanda.

Entregaram errado: a torneira não combinava com a pia. Solicitei a troca, enrolaram por quinze dias.

Yolanda estava comigo quando telefonei para a *Gazeta*, setor de defesa do consumidor. A jornalista me reconheceu. Sugeriu ligar ela mesma para a empresa, em vez de publicar minha reclamação. No dia seguinte, a Telhanorte entrou em contato. Desculparam-se, logo veio um homem, tirou os sapatos, instalou o equipamento correto.

Yolanda ficou perplexa:

— Bastou um telefonema? — deplorou. — Não somos nada!

Vinte anos depois, a torneira começou a descascar. Escovar os dentes, lavar o rosto, tudo se tornou desagradável.

Se limpo, descasca. Se não limpo, fica suja. Minha filha deixou uma tinta spray, que comprou para disfarçar um risco no carro alugado. Usei o produto, adiando um pouco o problema. Até que a tinta descascou toda.

Agora se formou um grupo de apoio doméstico para evitar que eu caia na banheira. Tenho caído à noite, querem eliminar o perigo com barras e prateleiras. O que me incomoda é a torneira, a imagem da minha decadência, mas com isso ninguém se importa. Quando reclamei, espantaram-se. Nunca haviam notado.

Sinto prazer em três momentos. Primeiro, à noite, o zolpidem — esse desvanecer. Depois na cama, ao acordar, fico divagando. O terceiro momento chega às dezoito horas. Todo dia, a sirene na paisagem. Assisto no quarto ao tedioso jornal da GloboNews. Em seguida janto, com um pequeno uísque como aperitivo.

O momento é excelente. Fico um pouco zonzo, mas minha cabeça funciona bem, posso ir até o computador e escrever. Aí, um chorinho — gosto do chorinho. Meus amigos dizem:

— Beber não tem problema nenhum.

O problema é o chorinho. Inúmeras vezes me fiz a promessa: é só uma dose. Tive episódios de embriaguez. Quando viajava a trabalho, Alfredo me trazia uísque turfado dos EUA. Andei exagerando, e ele não trouxe mais. Já não sou nacionalista, mas passei para a cachaça.

Alfredo está na cidade, passa a noite no quarto de hóspedes. De madrugada, acorda com um barulho: estou caído no chão do banheiro. Ele chama um táxi, vamos ao hospital. Me internam. Às oito da manhã, Alfredo tem que sair para uma reunião. Está exausto, não dormiu desde a minha queda.

Ele chama um amigo para me acompanhar: é Alaílson, que deseja trabalhar com cinema.

Alaílson vem, a medicação me deixa sonolento. Tentamos conversar. À tarde, meio dormindo, percebo seu rosto no sofá-cama para visitantes. Ele me olha com admiração.

Penso em lhe oferecer o quarto vago em meu apartamento. O emprego dele seria cuidar de mim — sendo pago, claro. Me pergunto como ele reagiria a insinuações. Minha mão deslizando nas suas costas, um abraço mais insistente.

Antes que eu diga uma palavra, Alaílson se defende:

— Sou assexual.

E desaparece.

Quebrei três vértebras e oito costelas. No hospital, me instruíram a usar um colar cervical. Sinto muita dor no ombro. O calor me sufoca.

Por telefone, de Montreal, minha filha contratou uma cuidadora para me acompanhar na recuperação. Rovena liga o ventilador e me traz o suplemento alimentar num copo plástico colorido. Estou deitado, descalço, de óculos, o colar no pescoço. Fico ofegante com o esforço de sentar para tomar o suplemento.

Preciso parar de beber. Continuo na cama, perco as palavras, preocupo-me comigo mesmo.

Em três filmes, interpreto um velho, num apartamento, atormentando o jovem que me acompanha. Faço os papéis que escrevem para mim. Um fotógrafo disse, sobre meus personagens: "Ele cria relações corrosivas. Por solidão, carência, sadismo".

Solidão, carência e sadismo: o fotógrafo era Alfredo. Viveu aqui, numa fase em que nós dois precisávamos de apoio. Fomos juntos a Paris, paguei as passagens. Na Salle Pleyel, ouvimos Pierre Boulez. Ao primeiro movimento dos violinos, Alfredo chorou em silêncio. Sinto agora, ao lembrar, uma perda irrecuperável.

Quando comecei este livro, mostrei a ele as primeiras páginas. Fiz perguntas banais:

— O que você achou? Me ajuda a revisar?

As respostas foram murchas, ele não entendeu nada.

Assim que chegava na casa de teu namorado, Walmor, ele já te levava pra cama. Afastava tuas pernas e te socava. Você passou a vir ao meu apartamento. Deitávamos numa cama de solteiro, vestidos, abraçados. Ficávamos longo tempo sem nos mexer. Sentia o teu valor e você o meu. Cheirava a tua axila. Acariciava teu rosto e você relaxava. Não amassei tuas nádegas. Não encostei a tua mão na minha ereção. Ternura, era o que queríamos um do outro. Você escapou ao frenesi sexual e voltou para Porto Alegre, à casa da tua mãe. E você morreu. Até hoje (7/6/2023) lamento o que não lambi, o que não chupei, o que não mordisquei em você, o que não te penetrei.

Foi o parágrafo que Alfredo não entendeu.

Esse Walmor, também gaúcho, não era ator. O namorado dele morava na rua Oscar Freire. Eu, na alameda Tietê. A cena não ocorreu na velhice. A redação, sim — escrevo agora. Por que recuperar situações dolorosas? A verdade é que me arrependo. Me esquivei de tantas propostas que não percebi ou fingi não perceber.

— Será que até julho teremos um novo livro? — pergunto a Milena. — Ou até agosto?

À esquerda de minha cama, há uma mesa baixa. Os remédios estão ao meu alcance, ao lado de outros acessórios de saúde. Milena observa um porta-retratos: no alto de um mirante, tenho setenta anos, o céu azul ao fundo. Sorrio para um homem mais jovem. Milena não sabe quem é ele.

Na parede, a gravura de um rapaz deitado, cabeça apoiada numa pedra.

— Todo dia essa gravura me faz lembrar do soneto de Rimbaud — digo.

— Qual soneto?

— É um dos mais conhecidos.

— Não sei quase nada de Rimbaud.

— Tem um homem, na sombra de uma árvore… no final, se revelam dois buracos vermelhos… *deux trous rouges*. Veja a gravura: os olhos do personagem são vermelhos.

Milena observa novamente a imagem:

— É a mesma posição em que você está — comenta.

No celular, Milena procura o poema. Termino meu suplemento alimentar.

O ADORMECIDO DO VALE (tradução de Ivo Barroso)

Era um recanto onde um regato canta
Doidamente a enredar nas ervas seus pendões

De prata; e onde o sol, no monte que suplanta,
Brilha: um pequeno vale a espumejar clarões.

Jovem soldado, boca aberta, fronte ao vento,
E a refrescar a nuca entre os agriões azuis,
Dorme; estendido sobre as relvas, ao relento,
Branco em seu leito verde onde chovia luz.

Os pés nos juncos, dorme. E sorri no abandono
De uma criança que risse, enferma, no seu sono:
Tem frio, ó Natureza — aquece-o no teu leito.

Os perfumes não mais lhe fremem as narinas;
Dorme ao sol, suas mãos a repousar supinas
Sobre o corpo. E tem dois furos rubros no peito.

Peço que Milena alcance o aparelho auditivo, está em algum lugar na mesa. Ela procura. Encontra a caixinha e me estende. Eu não a vejo — o colar cervical imobiliza meu pescoço.

Com os dedos, encontro a trava para abrir a caixa. Pego o aparelho, verifico se é o lado certo. Ajeito a peça na orelha. Peço que leia novamente o poema para mim.

Foi em 1870. Rimbaud descia para Paris, a guerra impediu. Viu um jovem adormecido no campo de batalha. Ficou maravilhado, se aproximou, ele tinha um buraco no peito. Rimbaud subiu para Charleroi, na Bélgica, onde nasceu meu pai. Finalmente chegou a Paris e torturou Verlaine.

Em 2019, quando anunciei publicamente que não trataria meu segundo câncer de próstata, Milena me enviou um e-mail:

"Oi, Thomas. Imagino que várias pessoas estejam te escrevendo nesses dias, sensibilizadas com sua declaração. Sempre tive muita timidez de fazer contato só para conversar ou tomar um café. Talvez agora mais ainda, por pudor, sabendo que há pessoas mais próximas e queridas à sua volta. Escrevo porque talvez eu nunca tenha dito, com clareza, da tua importância na minha vida. Quando te conheci, em 1993, eu tinha uma necessidade enorme de um modelo, de um caminho. Não quero ser melodramática. Você tem sua família, sua filha, sua neta. Eu só queria dizer, com humildade, que me considero também sua filha."

Levei quase dois meses para ler a mensagem.

Finalmente pedi para minha secretária responder:

"Só agora li a sua carta e fiquei comovidíssimo."

Eu tinha uma vaga de iniciação científica, quando Milena estava no terceiro ano da faculdade. Perguntei na classe quem se interessava, boa parte da turma levantou o braço. Em seguida, perguntei se a bolsa faria diferença para alguém, em termos financeiros. Um número menor de braços levantados, Milena estava nesse grupo.

Quando saí da sala, um aluno bronzeado se aproximou:

— Professor, eu gostaria muito de ganhar essa bolsa. Gosto muito de escrever.

Milena estava ao lado dele. Respondi sem meias-palavras:

— Escolho a Milena.

Não percebi que os dois eram namorados.

Milena não sabia o que era iniciação científica. Sugeri um tema aberto: A personagem no cinema. Ela deveria assistir a alguns filmes que eu indicasse, e depois criar algo, inspirada no que vira. Haveria uma projeção de *Trabalhos ocasionais de uma escrava*, de Alexander Kluge, filme experimental de 1973. Pedi que Milena assistisse.

A protagonista do filme é uma enfermeira que realiza abortos clandestinos, para sustentar o marido e a filha. Na semana seguinte, Milena me trouxe um texto intitulado "O abraço":

"Os peitos de Maria, inchados, com os mamilos machucados. Maria tem leite demais. O médico lhe recomendou uma bombinha pra retirar o excesso, mas a pressão machucou seus mamilos. O marido é indiferente, o bebê tem pouco apetite. Maria tenta aliviar a dor com compressas de água quente. Não resolve. Constrangida, ela pede ajuda à vizinha. Maria chora enquanto a vizinha mama o seu seio esquerdo. Está envergonhada por pedir um favor tão delicado. Não sei se isso é possível, na verdade. Depois de adulta, nunca mamei o seio de ninguém."

Hoje não consegui fazer a sessão de Pilates. Ouvi a edição das dez horas da GloboNews. O secretário de Elizabeth II revelou os últimos momentos da soberana: "Durante o sono. Partiu. Sem dor". Penso em inserir a frase no livro: "Partiu sem dor a rainha da Inglaterra".

Minha madrasta acompanhava a vida da rainha pela edição canadense da revista *Times*. Dizia que os franceses amavam a rainha, porque decapitaram um rei.

Evitarei falar de mulheres neste livro, pois uma senhora, ainda viva, poderia se incomodar. Vou também respeitar a privacidade da minha filha.

Yolanda tinha curiosidade sobre o que homens fazem na cama, entre si. Era a imagem que tinha de mim. Em Roma, numa rua de comércio popular, vi um paletó rústico que me agradou — com muitos bolsos, prático. Experimentei e caiu bem. Yolanda preferiu outro, de corte mais elegante. Acabei comprando o segundo, que usei muito pouco.

No velório, seu ex-marido me disse: "Uma situação difícil, principalmente pra você". Yolanda concordaria que fiquei viúvo com sua morte. Sinto sua falta, é o estado de depressão em que me sinto hoje. Foi ela quem me sugeriu trabalhar com Milena:

— Para que você não se apaixone — justificou.

Eu contaria a Yolanda o que conto a Milena?

Não sou dado a saudades, mas me lembro com ternura das brincadeiras com minha filha criança, um dia recortamos cartolina para fabricar um jogo de cartas.

A terceira pessoa estava lá. Lavo as mãos, seus olhos veem e ele me diz: *Gastou pouca água, parabéns*. Cumprimento a caixa do supermercado, ele diz: *Bem-educado com os subalternos, parabéns*. Vivo em estado de espetáculo; vou devaneando. No século XVI, o teórico da perspectiva apreciava que na pintura narrativa a cena tivesse um observador. O embaixador do espectador. De repente, Milena seria essa figura? O que lhe digo é negativo, é uma imagem tóxica de mim, falo com resistência, ela sai e logo lamento ter falado. Quando se atrasa, entro em pânico.

* * *

Quando a Confeitaria Vienense foi inaugurada? Havia outro café, também, perto da Livraria Brasiliense. Às vezes a madrasta e os filhos iam ao café, esperar que o pai saísse do escritório. Passou uma mulher elegante diante de nós, a madrasta comentou. A madrasta passaria elegante, pensei, se não tivesse se casado com meu pai.

Já estava a caminho da Livraria Francesa, quando a madrasta gritou:

— A sociedade não gosta de gente assim.

Assim, como? Havia uma gigantesca nuvem entre as palavras que me chegavam e o que eu poderia ter entendido.

Janik veio me visitar. Conversamos. Frase dele:

— Mais tarde você vai entender.

Eu tinha vinte anos, trabalhava na livraria. Apareceu um homem alto e magro, inteiramente vestido de preto, a não ser pela camisa branca. Queria ver umas gravuras — esta, aquela, tem outras? Abri e fechei gavetas a tarde inteira; no fim ele saiu sem comprar. Levei bronca do gerente: é da arte do vendedor adivinhar se o freguês vai comprar ou não; se não há futuro, passar a outro freguês. Respondi qualquer coisa, não importa. Estava fascinado pelo homem de preto. Dias depois, ele voltou e me convidou a tomar um chá ao som dos violinos da Confeitaria Vienense. Deixei a casa de meu pai.

Schubert era seu nome. Estudava pintura no ateliê de Samson Flexor. É lá que encontra o célebre tapeceiro Remy, que fora meu professor. O tapeceiro tem uma quitinete vazia perto da Fonte Monumental. Era minúscula, com duas caminhas, quase todo o espaço ocupado pelos cavaletes.

A paquera tinha dado certo, eu gostava dos quadros. Mas

não suportava o cheiro corrosivo do solvente. Falei com Schubert — que não aguentava mais aquele cheiro de benzina.

— Não é benzina.

Consultei Remy, ele achou que eu deveria aguentar. Argumentei também que Schubert chegava cada vez mais tarde, e Remy achou que isso era bom para a relação. Schubert não queria falar da minha asfixia progressiva, nem da dessexualização provocada por suas ausências noturnas.

Não cheguei a conhecer Samson Flexor.

Outra quarta-feira. Milena abre sua mochila com caderno, tablet, canetas, garrafa d'água. Estou deitado em minha cama, colar cervical no pescoço. Ficar sentado me custa muito.

— Hoje é você que fala — proponho. — Assim teremos dois personagens com suas questões sexuais.

Milena protela:

— Comece você.

— Sua personagem só vai anotar? Ela não tem seus problemas? — insisto.

Mexendo-se na cadeira, impaciente, Milena argumenta que o tema do livro sou eu, é minha vida que desperta a curiosidade das pessoas; ninguém quer saber sobre ela. O argumento não me convence. Ela teima: lê uma lista de nomes, escritores e cineastas que conheci. Tenho alguma história interessante a contar sobre eles?

— Já escrevi uma autobiografia. Não farei outra.

— Esta é diferente.

Por quê?

Porque estou deitado. Descalço. Olhando o teto. Uma tala no pescoço.

— Tenho medo de que um dia... — ela hesita — ... tenho medo de que as histórias se percam. O estilo, podemos acertar depois.

— O estilo é agora. Escolha um nome para o personagem.

Não se contraria um moribundo. Ela se rende:

— Pensei em Bernard.

— Um nome diferente.

Ela sugere Thomas, e aceito.

Thomas — Thomas Bernhard — Bernard, ela raciocina sem me dizer. Revista Charada, nível Fácil.

Thomas Bernhard escreveu, em *O náufrago*: "Não podemos escolher o lugar em que nascemos, pensei. Mas podemos ir embora dele quando ele ameaça nos sufocar, esse partir que nos mata se deixamos passar a hora de partir".

— As pessoas têm fobias, mas não é por isso que estão aqui. Tanta gente recusou! A fobia não te leva a fazer um filme. Há outra coisa: a vontade de partilhar essa dor. Exibicionismo? É uma possibilidade.

A Cinemateca Brasileira exibe uma cópia restaurada de *Orfeu*, de Jean Cocteau. Milena não consegue ir à sessão. Assiste ao filme depois, no computador. Pesquisa na Wikipédia sobre Jean Cocteau e Jean Marais, "o casal mais notório de Paris". Em suas memórias, Jean Marais escreveu: "Nasci duas vezes: em 11 de dezembro de 1913 e naquele dia em 1937, quando conheci Jean Cocteau". Milena toma notas.

Eu fui à sessão de *Orfeu*.

Les miroirs feraient bien de réfléchir davantage.

Os espelhos não refletem bastante.

Cine Jussara. Tenho dezesseis anos. A mensagem radiofônica é ouvida por Orfeu, no chalé, enquanto a princesa arruma os cabelos. Por que o assunto veio à tona nesse almoço, teríamos visto o filme em família? Eu teria elogiado a beleza ou o talento de Jean Marais? Altamente improvável. Em todo caso meu pai se levantou, ficou uns segundos parado e saiu da cozinha. Não voltou. A madrasta não reagiu. Meu irmão também não. — Ou eu disse? e meu pai saiu.

Improvável por quê? Só pode ser porque desconfiava de alguma coisa. Porque tinha uma atitude defensiva. Defesa contra o quê? Contra o que eu não sabia? Não queria saber? Fingia não saber?

Nossa professora de inglês sabia mais do que nós, quando vociferou:

— Thomas e Jean-Marc, fora já!

Nos escondíamos num *cagibi* para material de limpeza perto da sala de aula. Ela devia imaginar carícias, beijos ou mãos apertadas. Apenas conversas. De que tratavam essas conversas?

Jean-Marc e eu — tínhamos dezessete ou dezoito anos. Você se lembra? Tua mãe (você) me convidou pra um fim de semana na mansão de Santo André. Tua mãe nos levou até um quarto (o teu?). "Vocês estarão bem aqui", ela disse. E se retirou. Havia uma cama de casal.

Deitamos de pijama completo. Me virei pra janela, de costas pra você. Você me deu as costas? Não lembro. Você encostou o peito em mim — e não houve nada. Ou prefiro não lembrar. Se você estava em ereção, não senti ou não quis sentir. Qualquer coisa que tenha acontecido, quanta perda. Acredito que para nós dois.

Tomaríamos Viagra e, ao calor da lareira, esperaríamos o efeito. O cachorro nos levaria ao quarto. Você tiraria minha roupa, como sempre fizemos, e eu a tua. Você empinaria o seu bumbum, a barriga não facilita. Você seria cuidadoso com minhas hemorroidas, mas já bem melhor. Amanhã, não esquece, temos consulta no reumatologista. Iríamos ao banheiro. Jean-Marc, não consigo te imaginar barrigudinho.

Dores intensas no pulso — vou ao hospital novamente, Alfredo me acompanha. O médico da emergência me encaminha para os exames habituais, e penso no livro enquanto esperamos. Já não confio na minha memória. Peço a Alfredo que envie uma ideia a Milena, por mensagem: "o benfazejo da impotência". Quando eu voltar do hospital, trabalharemos.

O médico da emergência traz os resultados. Queixo-me das dores, ele não se comove. Nada mudou no meu quadro anterior, não sou internado.

De volta ao apartamento, Milena chega às quatro da tarde.

— Começamos pelo benfazejo da impotência?

Não tenho ideia do que ela está falando.

— A ideia que você enviou — explica.

— Benfazejo? O que significa essa palavra?

Ela contém a irritação. Respira:

— Benfazejo é algo que proporciona o bem. Você quis dizer que a impotência é benéfica?

— Muitas vezes penso que sim.

— Então vamos recapitular: o personagem passa por uma cirurgia, e o resultado é a disfunção erétil. Porém, mesmo antes, a impotência já o assombrava. A cirurgia traz uma causa física à falta de ereção. Isso tranquiliza o personagem.

— Sim, a ideia é essa.

— Mas: você não está tranquilo.

— Não.

— Você já havia pensado no medo da impotência, antes deste livro?

— Sim, claro.

— De onde surgiu esse medo?

— Não sei.

Velha cena (antes do acidente):

Um desconhecido, um encontro fortuito num boteco, é mais ou menos simples, procurar um terreno baldio e baixar as cuecas. Monte de machos desbundados fazem o mesmo. Gemem, mãos apoiadas no paredão. O desconhecido diz que é garoto de programa. Isso me alivia: se eu não ficar de pau duro, de qualquer forma ele será pago. Ele mete, ejacula. Bato punheta, nos vestimos. O desconhecido devolve o dinheiro, mas faço questão. Valeu.

E outra cena:

Corredor do MIS. Há um evento, mas esse corredor está vazio. Só um rapaz branco de uns vinte e cinco anos. Cabelo preto, camisa branca, calça jeans. Me encara. Passo e volto: ele é sóbrio, bonito e sensual. Me aproximo, penso no prazer de beijar esses lábios, amassar esses glúteos. Ele sugere que saia com ele. É o que quero. Entro numa complexa dissertação: Estou com um amigo. O que é verdade. Não posso deixá-lo. O que não é verdade, era só avisá-lo. Volto pra minha turma. Por que essa recusa, essa fuga? O medo. Que medo? O medo de brochar diante do charme dele. Medo do corpo dele? Não. Medo do teu desejo ou do meu.

O que me apavorou no MIS? (Diga o que precisa dizer, coragem!) Não era obrigatório um dar pro outro. Talvez só bater um pro outro, ficaríamos exaustos e felizes.

Se estivesse convicto de que o rapaz do corredor queria me penetrar e não o contrário (mas na cama tudo muda), teria sido mais simples. Teria procurado meu amigo: "Não vou sair com você". Meu amigo teria respondido: "Ô-ô! Encontrou um príncipe encantado!".

Recentemente, depois de intensas dores no braço, pediram uma ressonância magnética do meu crânio. Olhando os resultados, o médico diz que tive — devo ter tido — uma queda violenta a ponto de haver marcas no meu cérebro. Uma mancha preta.

Digo:

— Não lembro de ter sofrido algo tão violento.

Então me lembro da queda de um balanço. Aos dezessete ou dezoito anos, meus pais não estavam em casa, só meu irmão. Fiquei lá caído, desacordado. Quando chegaram, me levaram ao pronto-socorro. Nenhuma fratura.

Passaram-se sete décadas entre a queda e a observação do neurologista. Tal queda passou a ter presença forte na minha vida. Já faz dezoito dias que quebrei três vértebras cervicais, caindo da minha altura. Ano passado, quebrei outras quatro costelas. Estou com osteoporose adiantada. São quedas provocadas pelo álcool.

"Ele era velho, alto, magro e muito bonito. Na universidade todos sabiam que era bicha, porque era verdade, e que estava com aids, porque também era."

Alguns anos depois de formada, Milena publicou essas linhas.

Ela escreveu que andava sem rumo, emprego medíocre, coração partido. Que na minha frente começava a falar, impulsivamente, porque eu era um grande artista, um homem admirável. Talvez eu pudesse aconselhar: o que ela devia fazer da própria vida?

Eu estava aposentado, ela escreveu. Foi à minha casa, ela publicou:

"Eu estava bem ao lado dele, suas mãos magras quase no meu rosto. Ficamos os dois diante da janela. O dia estava claro, nos olhamos um tempo, e passei a mão no cabelo loiro dele. À nossa frente, as costas de outro prédio. Devagar, ele baixou o rosto e beijou o meu, de um jeito quieto, quase triste. Lembro de lamber entre as gengivas e o lábio dele, que era grosso. O pau estava duro. Abri sua calça, e o segurei na mão. Senti o calor. Ajoelhei. Talvez eu vá morrer por causa disso. Talvez isso seja bom. Ajoelhada, passei a língua devagar — e com o gosto que se bebe um café quente, eu senti o creme doce, que veio fácil e eu engoli."

Milena redigiu o conto à mão, numa folha de papel sulfite, no intervalo de seu primeiro emprego de revisora, numa editora especializada em comércio exterior. Ela morava numa quitinete sem telefone. Fez umas fotocópias e distribuiu entre conhecidos e desconhecidos que esperavam na fila de uma sessão de cinema. O conto se chamava "Morrer".

Uma professora da pós-graduação encontrou uma das cópias do texto. Foi à minha sala, mostrou a folha, e cobrou:

— O que é isso?

— É uma história.

A professora, horrorizada, queria expulsar Milena da pós-graduação:

— Como ela teve coragem de fazer isso?

Milena era bolsista e redigia as atas do grupo de pesquisa. Ignorei o conto, e seguimos convivendo civilizadamente nas reuniões. A professora preferiu se afastar do grupo. Milena entrou em contato com Yolanda, que editava uma revista literária. O conto foi publicado.

Minha filha pediu ajuda a Alfredo para encontrar cuidadoras fixas, que se revezassem no apartamento. Fui contra, mas ela insistiu. Não tenho mais condições de viver sozinho.

Felipa vem à noite. Rovena chega de manhã para substituí-la. No hospital, recomendaram-me tutano de boi para fortalecimento. Rovena e Felipa passaram a preparar mocotó, direto do osso cozido, cada uma à sua maneira. São caldos consistentes, uma porção já me satisfaz.

As cuidadoras têm uma cultura alimentar diferente da minha. Felipa veio do sul da Bahia, não usou roupas até os sete anos. Ganhou um vestido quando sua avó morreu e a família se mudou para a cidade. À noite, ela me dá banho, me enxuga. Seu cabelo é sedutor. Numa época, disse-me, teve cabelos até a cintura.

— Meu marido comprou pés de galinha — Felipa avisa. — Vai trazer de manhã, quando vier me buscar.

No próximo almoço, então, Rovena servirá pé de frango ensopado.

Rovena faz algum barulho na cozinha. Às quatro, quando Milena chega, é hora do meu suplemento alimentar. Estou na poltrona.

— Escrevi umas linhas — digo.

— Quer que eu abra seu computador?

— Se você puder. Mas é preciso ligá-lo.

Ela vai até a mesa. Inicia o laptop e aguarda. Demora um tempo ali em pé.

— O sistema está atualizando — explica.

Passa mais tempo. Rovena vem pingar canabidiol na minha língua. Milena permanece olhando o monitor.

— O Windows às vezes leva uma hora pra atualizar.

Ficamos em silêncio.

Por fim, o computador faz um barulhinho diferente. Ela senta diante do monitor. O arquivo "viver o medo" tem uma senha: Orfeu. Milena copia as novas linhas para seu pen drive.

Durante o dia, sinto saudades da véspera. Uso pantufas, embora o médico tenha desaconselhado. Pantufas e roupas de ginástica.

Yolanda atribuía a Mateus meu atual descuido com roupas. Segundo ela, antes eu me vestia com elegância, tinha camisas compradas em Roma e Paris. Agora uso roupas baratas. Há mesmo uma questão de classe social: Mateus tinha poucas roupas, passei a simplificar meu modo de trajar.

Mateus chegara à cidade havia poucos dias. Estava na minha casa, a família foi jantar num restaurante. Convidamos Yolanda. Eles se sentaram frente a frente, na cabeceira da mesa — eu, ao lado dela. Mateus contou uma história, Yolanda prestava atenção, mas nem tanto. Fiquei encantado com a narração, o sorriso dele, o charme. Bruscamente, ela se voltou para mim com um olhar de furor. Só continuou a "prestar atenção" em Mateus quando entendeu que eu tinha entendido.

* * *

Mateus chegou em 2014, eu já enxergava pouco. Fui apaixonado por ele desde o início. Ele não, por mim. Tinha vários namorados. Morávamos em quartos diferentes. Circulavam rumores de que éramos um casal, o que ele não suportava. Me acusava de não desmentir.

No meio gay, pessoas sentiam ciúmes. Certa vez eu disse: "É só você sair do apartamento que ninguém mais pensará nada". Esse foi um dia brutal. Discutíamos muito. Conversávamos sobre nossos desentendimentos. Por horas. Depois da discussão, a gente se dava bem.

Muita gente não gostava do Mateus no meu círculo de apoio. Yolanda admitiu seus ciúmes.

Ele viajou logo depois que Yolanda morreu. Conversei com ele numa sexta-feira pela manhã, estava tossindo, ele perguntou se devia se preocupar. Respondi que não. No mesmo dia fui internado com pneumonia; quando soube que eu entrara inconsciente no hospital, ele voltou. Somente para o fim de semana.

Eu treinava caligrafia quando Mademoiselle Déroulède nos ensinava latim. Mergulhava a pena no tinteiro preso na carteira, apoiando para traçar as linhas cheias e soltando levemente para as delgadas. Por excesso de zelo, quebrei o bico da pena. Continuei rasgando o papel.

Mademoiselle Déroulède era alta. Não usava salto e nunca tirava um boné de veludo marrom que lhe cobria os cabelos ruivos. Um dia, pediu que ficasse para conversar com ela depois da aula. Disse que me achava muito solitário, que seria bom me enturmar. Aconselhou-me a entrar no coral do colégio. Respondi que não era possível — minha madrasta era cantora, eu só desafinava.

Ela pediu que cantasse "Il était un petit navire". Ela e eu na sala, cantei.

Mademoiselle não era jovem. Solteira. Sem saltos, com seu boné de veludo. Me ouviu e me reconfortou: na sua opinião, eu afinava.

Hoje à tarde passei duas horas sentado aqui na sala. Agora, meu braço dói. Nesta semana, não escrevi nada. Peço que Milena dê ideias para o livro. Ela começa a anotar nossa conversa.

— O que você está anotando?

— Anotei "agora, meu braço dói".

— Isso tem algum interesse?

— Não vou insistir que você conte histórias que não quer contar. Falaremos sobre o que você quiser.

Estou sem meu aparelho de audição, quase não a escuto. Meu braço me incomoda, tenho vontade de me esticar na cama, sei que, deitado, meu ombro se acalmaria. Seguro a dor. Milena está sentada na cadeira de rodinha, estilo escritório. Conta algo sobre seu primeiro namorado, que também foi meu aluno. Lembro desse namorado? Sua voz está distante, mal consigo ouvi-la.

Peço que me alcance a caixinha de couro sobre a mesa. Abro, tiro o aparelho de audição, verifico a pilha através do tato. Está carregado, porém, ainda assim, não funciona. Milena nota um botão: é pra ligar e desligar? Nunca enxerguei tal botão. Ela tenta descobrir as instruções do aparelho de marca Widex na internet.

— A fábrica foi vendida — explico.

Ela encontra o manual de instruções. Tentamos novamente. Nada.

As histórias do namorado ficarão para a próxima semana.

Um ator diz, atado a uma cadeira, diante de um palhaço que o apavora:

— Pra que fazer isso com as pessoas? Você quer reações. Não é a fobia que te interessa, é o sadismo. O prazer de ver a reação das pessoas sofrendo. Você diz que é masoquismo da minha parte. Se eu fosse masoquista, não me queixaria.

No domingo, Alfredo veio me ver. Descemos para almoçar no restaurante do térreo. Contei das reuniões com Milena. Alfredo começou a divagar sobre o título do livro: *Viver o medo*... viver o medo de viver o medo de viver... ele se encantava com seu próprio jogo de palavras. Havia barulho nas outras mesas, quase não escutei.

Penso e repenso, para este livro, no medo que paralisa. O medo que criamos para mascarar um medo ainda maior. Você tem medo de perder a ereção. Então você se contém. Você nem tenta — se prende ao medo de algo que ainda não aconteceu. Você fantasia a impotência e age em função disso para não viver a impotência.

Uma tarde Milena chega disposta a explorar esse tema até o fim — até que o compreenda. Não está convencida da onipresença do medo em minha biografia.

— Quem te conhece — diz ela — só vê coragem.

— Cito Cazuza: "Faz parte do meu show".

Ela insiste:

— Você nunca usa as palavras "velho" e "velhice". Me pergunto se falar de impotência é uma forma de sublimar a velhice.

— Em muitas cenas, o personagem não é velho.

— Você resgata um punhado de historinhas de impotência do seu passado. Mas essa não é a sua vida. Você teve medo num momento, em outro não.

— Mateus, se desejasse alguém, atacava.

— Sempre? Mateus nunca teve medo? — ela ironiza.

— Mateus valoriza o desejo como referência universal.

Milena permanece incrédula.

Pergunto se a insistência no medo afeta a admiração da personagem feminina por mim.

Estou de carro com meu pai. Pela calçada, um homem vestido de preto. Olho. Meu pai dá uma leve brecada e apoia logo no acelerador. O homem não sabia em que drama estava metido. Meu pai tinha percepções que eu nem imaginava.

Depois houve uma ruptura e uma reconciliação, com um ritual que incluía um jantar de vez em quando. Na Paulista, saindo de um restaurante, meu pai me pergunta onde quero ficar. Já era tarde, pedi que me deixasse na avenida, no prédio de Roland. A brecadinha, aperto no acelerador. O carro estremece. A madrasta se cala. Meu pai se cala.

Eu morava sozinho em outra quitinete, emprestada pelo pai (russo) de um amigo do liceu. Remy me transmite um convite: Roland, professor que entrou no liceu depois que saí, gostaria de almoçar comigo.

Almoço caprichado. À noite vemos um filme na Bienal. De mãos dadas e joelhos encostados. Acabada a projeção, ele se despede, comprometeu-se com amigos a passar o fim de semana na praia. Roland ansiara pelo encontro por tanto tempo que poderia esperar mais dois dias. Voltei pra casa.

Na segunda, nos precipitamos na cama. Deitamos um sobre o outro. Nos acariciamos, nos beijamos. Ele não entra em ereção. Se recolhe de um lado da cama de solteiro. Beijo Roland e acaricio seu sexo flácido. Meses depois me diria o quanto a expectativa daquele encontro o deixara ansioso a ponto de ter tomado um calmante. Mais tarde diria que minha ternura diante da impotência foi o início de uma longa relação afetiva e sexual.

A impotência pode ser criativa, mas é péssima numa trepada rápida. Viajávamos, ele desenhava igrejas barrocas. Aprendi com ele e ele comigo. Uma noite empinei a bunda, o pau penetrou um pouco mais, gememos, me abraçou, "Como você se dá bem!". Ele adorava ópera, ouvíamos Verdi e Puccini, às vezes ele fazia retroceder a agulha no long-play pra que eu prestasse bem atenção numa determinada nota.

Roland me disse, certa vez, que minha inteligência era um problema. Como professor em início de carreira, estava no Brasil num programa de intercâmbio, período máximo de dois anos. No final da prorrogação, se ficasse no país, perderia o cargo de professor efetivo. Se ficasse por minha causa, poderíamos brigar dali a duas semanas.

Ele era conservador. Eu não. Quando o conflito se aproximava, nos contínhamos:

— Não, aí você está exagerando.

Isso sempre deu certo.

Nossa relação se consolidava. Roland preferiu que morássemos separados. Nossos encontros nasceriam da vontade. Ele sai do banho pelado — eu o vejo pelado. Não porque é hábito. Mas sim porque eu gosto de te ver, e você gosta que eu te veja. Durante dezoito meses, passei quase toda noite na casa dele, ou ele na minha.

Ele era corpulento. Viajamos para Congonhas, Mariana, Salvador. Em Ouro Preto, ele passou horas observando a igreja de São Francisco. Ficou fascinado pelas torres cilíndricas. Com Roland, não tive medo. Ele tomou a iniciativa.

Roland voltou pra França. Nas décadas seguintes, uma senhora enviou a ele cada livro que publiquei.

(Um vazio destruidor quando Roland partiu. Escreverei sobre isso.)

"Não acabava de saborear sua musse de chocolate, com gestos um tanto afetados. Ele fazia de propósito, só pra me provocar. Eu não aguentava mais. Sua camisa entreaberta mostrava uns pelos. Não ousava pedir que se apressasse, queria ir pro quarto logo."

Linhas que Roland me escreveu sobre suas aventuras eróticas.

Essas cartas me machucavam. Décadas depois veio passar férias no Brasil. Por acaso nos encontramos, falamos uns minutos. Roland se lembrava da correspondência, inventava essas historinhas pra me ajudar a esquecê-lo. Agradeci a gentileza.

Tempo fresco, nublado desde quinta-feira, às vezes chove. Milena veio de galochas.

— Vi na internet que choverá forte no fim da tarde — explica.

O aparelho de audição voltou do conserto. Foi caro, mas consegui negociar. Ainda tenho muitas tonturas.

— Um dia você chegará no horário combinado, e não estarei em casa — provoco.

— Você sairá sozinho?

— Não eu. O personagem. Ele precisa se livrar dessa mulher. Desse caderno. Dessas anotações.

Milena solta uma risadinha. E anota minhas frases.

— Como você reage a essa ausência? — pergunto.

— Você não faria isso. Em todo o tempo que nos conhecemos, você nunca faltou ou se atrasou para uma reunião de trabalho.

— É verdade. Mesmo quando tive um acidente de carro, com Yolanda. Passamos a madrugada com a polícia. Na delegacia, liguei para a secretaria da faculdade. Pedi que avisassem os alunos.

Milena mantém a voz neutra e a caneta na mão:

— Se você quisesse se livrar de mim, hoje, precisaria da Rovena.

Não digo nada. Sair sozinho é impraticável há alguns anos: tenho medo de ser derrubado na calçada. O tempo transcorre entre frases soltas e anotações. Às 5h35, Milena olha o celular e me informa o horário. Como combinado, ela vai embora quando toca a sirene.

Milena seria meu propósito? Não tenho objetivo, projeto. Não fui uma criança ou um adolescente que quer ser médico ou pianista. Sou um homem de circunstâncias. Fisgo a circunstância. Pode não dar certo. Maria Duschenes me convida pra ler Salmos num espetáculo. Ela dirige as bailarinas, não a mim. Opto por uma voz lamentosa. Uma amiga argentina me achou ridículo, um horror. Em geral acerto. Milena é uma circunstância? Topei, não deveria.

Fiz um passaporte novo, vale dez anos. É improvável que o use.

O Tourist Bar ficava exatamente em frente ao Paribar, na praça Dom José Gaspar. Era o ponto de encontro gay (na época, não usávamos essa palavra). Caio se sentia solitário. Me convidava com insistência:

— Vamos sair?

Isso significava nos enchermos de cerveja, até cair nos ladrilhos. Talvez os convites significassem outra coisa — uma sugestão de encontros sexuais — que eu não queria. Ele era alcoólatra. Percebi certa noite, num boteco de Pinheiros: ele está se destruindo.

O isolamento de Caio era profundo. Nunca o vi com um grupo de amigos. Nunca saíamos com outras pessoas. Já na época pensei: era um estado de degradação. Essa degradação — alcoólica — poderia me acontecer. A percepção foi nítida, e pouco a pouco me afastei dele.

Outras noites no Paribar. Tomávamos Campari. Um jovem de rosto oval me paquerava — sem me seduzir, ele insistia. Bebericávamos, mãos dadas debaixo da mesa. Dizia-se sobrinho ou sobrinho-neto de Magalhães Pinto. Depois de alguns encontros e alguns drinques, venceu a minha resistência.

Tiramos a roupa e deitamos um ao lado do outro. Imóveis. Esperava uma iniciativa dele, já que tinha nos levado até ali, eu apenas cedera. O jovem também esperava minha iniciativa. Ele só queria dar? O rosto, a barriga, o peito glabro não me apeteciam: motivos ou pretextos? Supus uma impotência, me protegi contra uma derrota, me impedi uma vitória. Trepar em cima dele, sem ereção, seria pior que não agir.

Teria bastado um movimento leve de um ou outro. Continuamos imóveis. Nossos corpos paralelos, sexo em repouso, olhar no teto, eram dois jacentes, vivos.

Nós nos levantamos e vestimos. Quem tomou a iniciativa de sair?

Mateus interpretava que meu medo surgia da antecipação de um possível fracasso. Depois ele me corrigiu: fui eu quem formulou tal frase, não ele. O medo de não ficar em ereção me leva à renúncia. Escapando às cenas, escapo ao fracasso. Quando Mateus morava aqui, havia afeto. Agora não há. Minha depressão se agrava.

Uma vez ele me perguntou:

— Em terapia, o que você fala sobre mim?

— Quase nada. O psicanalista me diz que eu nunca conseguiria.

Segunda-feira, quase meio-dia. Na cozinha, tomo o café da manhã: chá preto, ovos mexidos. O celular está na sala, sobre o braço da poltrona salmão. Emite um sinal de mensagem, que não ouço. Rovena percebe e traz o aparelho para mim.

É uma mensagem de áudio, a voz infantil e vagarosa de Milena: "Bom dia, Thomas. Fiquei pensando bastante em nosso livro desde a semana passada. Você tem razão, precisamos enfrentar o tema do desejo. Tive algumas ideias, quero conversar com você na quarta-feira. Acho que encontrei um caminho para a personagem feminina".

Respondo em seguida: "Ótimo, Milena. Quarta-feira conversamos. Acho bom que você teve novas ideias". Ela ouve a mensagem, não me responde. Gravo outra: "Estou impaciente. Quero saber".

Ela me responde no dia seguinte, às duas da tarde: "Thomas, não sei se consigo explicar pelo celular. Fiquei pensando no tema do prazer: o prazer físico, as partes do corpo, os órgãos genitais, as zonas erógenas. Uma pessoa tem prazer em certa parte do corpo, outra não. Lembrei de algumas histórias para a personagem feminina. Tem o desafio de como deixar essas histórias interessantes. Pensei em algumas, mas ainda não sei *como* contar".

Respondo às cinco e meia da tarde: "Acho interessante evoluir na direção do erotismo".

Estou num banheiro de caça num cinema da Cinelândia. Não há ninguém. Manipulo meu pau. Entra um homem alto, vestido com requinte, um modelo. Posta-se no urinol a meu lado. Olha pra mim, seu pau enche rapidamente. Aponta para mim. Petrificado por tanta beleza, não o pego nem o chupo. Fecho a braguilha e saio — que falta de educação.

(antes do acidente)

Ainda no Rio, uma rua na Lapa. Um hotel de alta rotatividade, já estive lá. Um homem encostado no muro. Nada mau. Espera alguém? Espera qualquer um? Arrisco. Entro lentamente, ele me segue. Uns trinta e cinco anos. Subimos.

É argentino. Baixo o zíper, enfio a mão na braguilha dele. O chupo. Ele não gosta de beijar. Na cama surge a tensão, ambos queremos dar. Eu sei. Esse constante medo de que na última hora meu pau broche. Fico numa posição que o obriga a me penetrar (dar não exige ereção). Com movimentos violentos, resfolegando, gozou, normal. Ficamos suados, esticados um ao lado do outro, silenciosos. Ele põe a mão no pau e se assusta: há sangue. Me acusa. Eu tinha percebido uma ligeira fimose, me escondo atrás do fato de que não falou nada. Lavo o pau dele, continua irritado. Descemos de cara fechada. *Um amigo meu se cortou com uma faca, isso, pomada antisséptica,* confirmo ao farmacêutico.

(antes do acidente)

Eles se preparam. O peludo põe a camisinha. Me oferece outra. Dispenso.

(depois do acidente)

Praia de Mongaguá. Meus pais encontraram um casal, ele francês, ela inglesa, gostava de tocar violão. Ela propôs à madrasta uma roda de mulheres: cantar e tocar sem sutiã. A madrasta recusou, não tiraria o seu. A inglesa concordou:

— Sim, eles são muito pesados.

Andávamos na areia, eu segurava o violão. Pulei o canalzinho de água doce que cortava a praia, com cuidado para proteger o instrumento. A inglesa elogiou:

— Podemos confiar em você.

Disse um italiano, encontrado por aí:

— A inglesa dá sinais evidentes de querer te iniciar. O que não entendo é por que teus pais opõem resistência.

Não respondi.

* * *

Em 1996, escrevi: "Faço o possível para me tornar um fenômeno, mas não consigo. Não tenho mais paciência com os paquidermes, numerosos no mundo. Cada vez mais, tendo a privilegiar os estudantes que se distinguem pela sua inteligência e sensibilidade".

Com a morte de Wilson Barros, assumi as aulas de narrativa. Na abertura do curso, pedi uma história breve, de estilo livre. Um texto me surpreendeu pela sua harmonia. Esqueci a história, só me lembro da fluência, da pontuação, da precisão de vocabulário.

Comentando o texto em classe, disse à aluna:

— Você já escreve?

Ela me respondeu:

— Não.

Um conto: Não. Um poema: Não. Uma crônica: Não.

Pausa com expectativa.

Finalmente digo:

— Mas você quer escrever?

— Ah! Isso sim — ela se entusiasmou.

Pergunto a Milena sua memória dessa aula, ela tem outra versão:

— Você elogiou meu primeiro texto. Depois, nada. Numa das histórias, você comentou: "A associação entre comida e erotismo já se tornou banal".

— Como você superou isso?

— A universidade entrou em greve.

Milena me viu, pela primeira vez, no auditório da faculdade. Estava cheio, ela conseguiu um lugar na fileira da frente. Na bancada, os professores conversavam baixo enquanto os microfones estavam desligados.

— Você era o mais magro — ela me diz. — Quando chegou sua vez de falar, não levantou o rosto. Leu seu discurso, com sotaque carregado. Só entendi porque estava bem perto.

Era a palestra de recepção aos novos alunos.

— Você disse: "Se não for uma escolha para a vida toda, é melhor nem começar". Um desafio radical para um primeiro dia de aula.

Da turma dela, de quinze alunos, dois desistiram logo no primeiro mês.

Em 13 de janeiro daquele ano, recebi o segundo exame confirmando que eu era soropositivo. A palestra de abertura — "uma escolha para a vida toda" — foi dois meses depois do diagnóstico. Quase morri de meningite logo em seguida.

Milena só teve aulas comigo um ano depois, em 1994. Ela não ficou sabendo de nada. Eu comparecia assiduamente às aulas, lia todos os trabalhos, organizei uma pasta na biblioteca para que a turma deixasse cópias de seus textos e todos lessem antes de cada aula. Milena entregava suas páginas datilografadas, toda semana. Havia computadores na faculdade, mas naquele ano ela ainda não sabia usar.

— A máquina de escrever era azul. Meu pai veio trazer, alguns meses depois que passei no vestibular — ela me explica.

Milena começou a namorar Fabrício, seu colega de turma. Assistiam juntos às minhas aulas.

Na sala da moviola, em colaboração com outra professora, eu finalizava a montagem de um filme de arquivo. Alguns alunos do quarto ano eram assistentes. Milena olhava de longe.

— Minha angústia era ler um livro seu. Hesitei muito. Se não gostasse, toda a minha admiração por você, como professor, cairia por terra.

Quando Milena estava no último ano de curso, publiquei *Vírus, e daí?*. Milena não leu. Um colega a avisou: "Ele fala dos alunos".

O filme com imagens de arquivo ficou pronto. Milena assistiu à estreia no MIS. Ela se lembra da cena de Chiquinho Brandão, recortada do filme *Anjos da noite*, de Wilson Barros. A travesti Lola, de corpete, meia de liga e salto agulha, escapa dos policiais que a arrastam para um camburão. Sob uma pancada de chuva, ela grita:

— Eu não fiz nada, porra! Por que eu? Porque eu sou viado? Eu conheço o sonho de todos vocês, seus viados, frouxos. Suas esperanças são pobres. Vocês gostariam mesmo é de ser mulherzinhas, maridinhos, se pudessem teriam um bando de filhinhos, uma fieira de adoráveis monstrinhos para reproduzir essa merda toda!

Não incluí no filme uma cena anterior, quando Lola — a divina, a atração da noite na boate Corintho — canta "Ne me quitte pas": "Te oferecerei pérolas de chuva vindas de um país onde não chove. Escavarei a terra depois de minha morte para cobrir teu corpo de ouro e de luz. Inventarei palavras insanas que você compreenderá". A cena leva Milena às lágrimas.

Wilson Barros teria sido professor dela. Morreu de aids. Chiquinho Brandão morreu de acidente automobilístico.

"Uma fieira de adoráveis monstrinhos para reproduzir essa merda toda!" Pouca gente entendeu esse monólogo do filme. Não perceberam: Como Wilson faria crítica aos gays?

Milena me pergunta se considero um fracasso o fato de minhas cuidadoras serem mulheres. Pensei nisso. Realmente não. Não se trata de resignação, e sim de bem-estar. Deixo rolar numa boa.

A única coisa à qual não me adapto é o colar cervical.

Meu braço e minha mão direitos pioraram. Estou com adesivo de morfina, que me trará sete dias de paz.

Segundo uma pesquisa estadunidense, os jovens da Geração Z fazem menos sexo casual. Reduziram-se até as masturbações solo. É Alfredo quem me lê a reportagem, em voz alta. Tomamos uma (só) dose de uísque juntos.

Na década de 1970, escrevi sobre o sexo que não vivemos: "Praticamos nudismo, triângulos e outros polígonos... Queremos o sexo integral, integrado, o corpo inteiro ativo sexual e afetivamente num gesto só". Esse erotismo era uma aspiração.

Quando conheci Alfredo:

Vestia uma regata preta. Me perguntou o que estava olhando. Respondi: teu ombro. Sorriu com doçura. Pediu outra taça de champanhe. Cheirei o sovaco dele. Ele inclinou o copo para meus lábios, bebi um pouco e vice-versa. O garçom achou graça. Nos encostamos bem apertadinhos. Cê quer o quê, dar pra mim, eu te comer? Respondeu: bater um pro outro. Me levantei em direção ao banheiro, ele me segurou onde estávamos. Abriu o zíper, estava de jeans sem cueca. Tive dificuldade pra sacar o pau duro. Ejaculamos juntos. Lambi a minha porra na mão dele, ele fez igual. Rimos. Beijei-lhe o pescoço.

Milena organiza uma lista de leituras sobre sexo e desejo. Gostaria de incluir no livro algumas ideias e citações, diluídas na narrativa, sem teorizar. Como fazer isso, ela não sabe. Sente-se bloqueada por algumas semanas. O livro empaca.

— Havia uma literatura de revistas e jornais, na época de Genet — digo a ela. — Li algumas coisas. Um líder político, não lembro o nome, defendia o comportamento homossexual como político, crítico à sociedade tradicional.

Ela procura na internet e encontra um nome, Daniel Guérin: escritor revolucionário, anticolonialista, anarcocomunista.

— Só pode ser ele — acredita. — Não devem existir duas lideranças anticapitalistas e homossexuais nos anos 1950 [existiam, ela não sabia].

O nome Guérin não me diz nada. Milena lê em voz alta as informações da Wikipédia. Daniel Guérin colaborou na revista *Arcadie* — da revista, talvez eu me lembre. Milena repete o nome de todos os colaboradores. Nada me soa familiar.

— De todo modo, li esses textos nos anos 1970, muito depois de serem publicados.

"Existem pouquíssimos homossexuais exclusivos. Na maioria, são capazes de reagir positivamente diante de uma parceira feminina. O mais exato é dizer que somos todos bissexuais com uma dose variável de componentes heterossexuais e homossexuais", escreveu Guérin em carta de 1971.

Não me lembro de ter lido isso antes — porém, quando Milena repete as frases, me pergunto se acaso li e esqueci. Talvez tenha incorporado as ideias, sem guardar a fonte, como ocorreu com Dostoiévski, que me impregnou de sua loucura, sem que eu possa dizer exatamente quando li quais de seus livros.

Milena concorda:

— Vejo você nessas linhas.

— Você não está também nessas linhas? — pergunto.

— É provável.

"Ser ou não ser não é a questão" foi um artigo que escrevi, a pedido de Jaime Pinsky, que em 1999 organizou um volume para estudantes: *As faces do preconceito*. É um livro ilustrado, com charges no início de cada capítulo.

Milena lê um parágrafo para mim. Ela identifica, nesse trecho, uma versão genérica do que teria sido minha adolescência:

"Quando os pais, as tias, os amigos dos pais, os colegas de escola, os professores percebem a orientação dos desejos sexuais e afetivos de um jovem ou de uma jovem, organiza-se em torno deles uma verdadeira campanha. O jovem pode até nem ter ainda se dado realmente conta de que se sente atraído por pessoas do mesmo sexo, mas a campanha está aí, martelando… A campanha não é frontal, ela se insinua. É um pai que fica irritado ao perceber que o filho está lendo um romance como *Bom Crioulo*, de Adolfo Caminha… É uma mãe que fica caçando nos bolsos ou nos cadernos do filho ou da filha um bilhete comprometedor… O adolescente se vê dividido entre o prazer de estar com seu amigo, e uma culpabilidade e uma solidão que ele não sabe reconhecer muito bem."

— Proibir leituras, revirar os bolsos… Você escreveu sobre isso, em sua autobiografia.

Fico em silêncio — sim, escrevemos.

Outro parágrafo fala da Grécia antiga: "Os gregos formavam casais constituídos por um homem adulto e um adolescente […] O adulto não deveria se aproveitar do corpo do amante como objeto sexual, era seu dever contribuir para sua formação cultural e moral... Chamava-se o adolescente de *eromenos*, e o amante de *erastes*...".

— Você se baseou na *História da sexualidade* de Foucault? — Milena pergunta.

Para sua decepção, nego:

— Devo ter lido numa enciclopédia qualquer.

Quando o volume foi lançado, Jaime Pinsky deu algumas entrevistas de divulgação. Destacava sempre meu ensaio. Uma das colaboradoras me telefonou, irritada:

— Seu texto tem expressões inadequadas aos adolescentes.

— Mas passou por revisores, ninguém falou nada. O que você considera impróprio?

— A palavra "penetrar" — ela reclamou.

Milena tem algumas anotações sobre penetração. Sugere que continuemos na próxima semana, nosso tempo hoje não será suficiente. Chega a outra semana. Ela traz o livro *Manifesto contrassexual*, de Paul B. Preciado, e lê em voz alta alguns trechos que selecionou: "Eu era outra pessoa quando escrevi este manifesto. Meu nome civil era Beatriz, eu supostamente era uma mulher".

Milena prossegue a leitura: "O dildo escapa à disjunção de ter e não ter [...] É e não é um órgão que, embora pertença a alguém, não pode ser plenamente possuído. O dildo faz parte de uma economia da multiplicidade, da conexão, da partilha, da transferência e do uso [...] Pondo-se do lado do dildo, este manifesto rompe com as três narrativas modernas do colonialismo heterocapitalista: o marxismo, a psicanálise e o darwinismo".

Terminado o parágrafo, Milena sente-se um pouco decepcionada:

— Quando li sozinha, em casa, me pareceu mais forte.

— Eu entendi... Já falei muito em ereção. Falei pouco de gozo. Os homens muitas vezes falam de gozo como sinônimo de ejaculação.

Sim, é o caminho que sugere.

— Você acha superficial o erotismo de que falo? — pergunto.

— Superficial seria exagero.

Cometi o maior erro de minha vida. Deveria ter desistido antes de ter começado. Se escrever o livro, ela diz ora que sim ora que não, será a última imagem de mim, não mais a autobiografia, que foi um texto controlado. Se ela publicar antes de minha morte, será um horror, terei de responder a jornalistas. Talvez não esteja em condição. Há anos, em Montreal, consultei um urologista, me apalpou os testículos. Papeando, disse que eu viveria até os noventa, noventa e dois! Ontem na cama percebi que o buraco na cortina aumentou. Trocá-la sairia caro. Tomei um zolpidem sublingual e me dissolvi. Uma palavra conseguiu se infiltrar: decadência. As dores perduravam. Papeando, a reumatologista me disse que eu viveria até os noventa e cinco! A cortina e seu buraco vão aguentar até lá?

— Sim, Thomas. Pensei em desdramatizar a perda da ereção — Milena me desperta.

— Um homem sozinho pode se penetrar com o dildo — respondo.

A reflexão não se prolonga. Orgulhosa, Milena traz nova informação:

— Acho que descobri o militante que você queria lembrar. Você disse que o nome soava como "Guy". Paul Preciado cita alguém: Guy Hocquenghem.

— É ele!

— Mas não é dos anos 1960.

— Ainda assim. O nome é esse.

Milena está satisfeitíssima em esclarecer tal mistério. Já encomendou o livro de Hocquenghem: *O desejo homossexual*. Foi publicado por uma editora independente que pretende provocar "vazamentos oculares, auriculares, anais". Milena simpatizou com a editora e está ansiosa por receber a encomenda.

Passam-se três semanas, chega o livro de Guy Hocquenghem.

Trata-se de uma longa exploração filosófica.

— Um livro bom de existir — Milena pondera. — Mas chato de ler.

— Felizmente você cansou dessas leituras. Eu já estava me dizendo: "Chegou a antropóloga".

— Bem, ninguém poderá dizer que não pesquisei.

Rimos.

— De todo modo, registre-se que admiro Hocquenghem, em seu ódio absoluto à sociedade burguesa.

Milena anota minha frase; está registrado.

Conto a ela uma história de Jean Genet:

Ruth Escobar montou *O balcão*, em 1969. Reformou o teatro, importou um encenador argentino. Elenco de grandes talentos, Sérgio Mamberti e outros. Genet vem ao Brasil, com recursos levantados pela atriz e produtora. Na noite de estreia, não aparece no teatro. Estava caçando no Amarelinho, o bar no Rio. O teatro de Ruth é em São Paulo.

Milena e eu concordamos que há citações suficientes neste livro. Peço apenas que acrescente um filósofo que pouca gente conhece, Ygor Kirkov, autor de *Homossexualidade em família*, 1969:

"A burguesia e sua moral esmagaram a natureza."

Ela organiza as referências bibliográficas.

Uma história dos anos 1970:

Marilda, Marilda, ele sussurrou. Queria mostrar ao namorado a elegante senhora da *high society* que passava na calçada. O namorado não prestou atenção. Carlos deu meia-volta, não viu o poste, bateu o nariz. Que foi, teu nariz? Marilda. Marilda o quê? A elegante senhora era casada com Bráulio Pedroso, famoso novelista na época das esfoladuras nasais.

Pouco depois dessa cena, ocorreu o choque. Carlos guiava, a moto se chocou, o namorado foi projetado e fraturou o crânio. Carlos só levou uns arranhões.

Passou-se um mês. Carlos me convidou, me conduziu ao quarto. A colcha exibia grandes crisântemos vermelhos. Deitei atravessado, de costas, Carlos se esticou ao meu lado, voltado pra mim. Ficamos assim um tempo; seus lábios estavam a vinte centímetros dos meus, poderíamos ter nos aproximado cinco centímetros um do outro. Nada. Ele já tinha me levado até aquela cama. E eu? Usava a morte como pretexto? Me protegia atrás da morte?

A cozinheira chorou o desaparecimento desse casal tão harmonioso.

Em sessão de trabalho, contei a Milena duas histórias de antigas namoradas:

Uma delas imigrante, como eu. Éramos adolescentes. Certa tarde, tomamos um ônibus urbano, sem saber para onde ia. Descemos num ponto com poucas casas, cercado de árvores. Penetramos o arvoredo e caminhamos até bem adentro. Ela deitou no chão. Eu por cima. Começamos a namorar. De repente, percebi à nossa volta uma série de olhos humanos. Ela também viu. Nos levantamos e um bando de meninos saiu em disparada. Voltamos para o ponto de ônibus. Era a moça de Ontário, que me acusaria, por carta: eu era um homem sem palavra, ela odiava traidores.

Outra namorada de juventude, muito bonita e inteligente, cineasta. Nos encontrávamos sempre, nos beijávamos, nos esfregávamos. Ela namorava oficialmente um rapaz de família siciliana, com quem seus pais esperavam que se casasse. Saíamos os três para ir ao cinema, eles dois de mãos dadas, eu do outro lado.

Um dia ela me telefonou e trocamos palavras íntimas. Ela estava em sua casa. Desligamos, logo depois ela retorna.

— Tem uma extensão embaixo — ela me diz. — Ele ouviu tudo.

Desligamos.

Ela volta a ligar:

— Conversei com ele. Propõe um enfrentamento.

No domingo à tarde, passam de carro para me pegar. Os dois no banco da frente, eu atrás. Ele guia em direção ao Morumbi, que não tinha as residências atuais.

Paramos num monte descampado. Saímos do carro os três. Ele se coloca à minha frente, ela ao lado observa. Da calça, ele tira uma faca. A namorada grita o nome dele.

— Me corta, se você tiver coragem.

Do fim da cena, lembro apenas que voltamos para São Paulo, os três vivos, sem ferimentos. Ela e eu não nos separamos por causa disso.

Um belo dia, numa rua do Centro, ela me diz:

— Pedi o apartamento emprestado ao Rubens. Ele me deu a chave.

Rubens era solteiro ainda. Fomos à sua quitinete.

Na cama, de repente ela levanta a saia. Está usando uma calcinha nova e florida.

Fico inerte. Saio de cima dela e deito a seu lado. Deixamos a quitinete e ela passa a me evitar. Dois anos depois, desposou um Compositor Engajado.

Não consigo lembrar se estava em ereção entre os olhos no arvoredo ou na cama com a namorada do siciliano. Talvez sim, talvez não. Como será amanhã? Vou me denegrir. Não usar essa palavra eivada de racismo. Vou me depreciar, me desvalorizar, vocabulário mais adequado ao sistema capitalista. Vou falar de uma situação de sexo que me deprime, me deixa um gosto amargo. Contadas isoladamente, essas histórias ganham uma dimensão catastrófica que de fato não têm. Naquela noite com Carlos, depois da cama, dos crisântemos vermelhos, acho que eu e o viúvo descemos e tomamos umas caipirinhas, com pouco açúcar, por favor.

Quarta-feira, dezesseis horas. O interfone não toca.

16h20.

— Alô! Seu Chico? O senhor não viu...? Ninguém?

Será que aconteceu alguma coisa?

Chamo Felipa, que vem da cozinha. Viu meu telefone? Com a lupa, procuro seu número, deixo mensagem de voz.

Finalmente a resposta: Milena não virá. Sua mãe está doente, tinha avisado. Sim, avisou. Agora me lembro.

Não vou falar hoje? Não vou contar histórias? Dizer que Alfredo não existe. Dizer que o namorado de Carlos não teve acidente. Que Carlos não me levou pro apartamento depois da morte do namorado. Que o argentino não tinha fimose. Alô! Alfredo, vem cá, LOGO, tô mal…

Tenho insistido que Milena conte mais suas histórias. "Sua personagem precisa crescer!", digo a ela, que resiste:

— Por que não posso apenas trabalhar? Anotar nossas conversas, depois digitar… Isso já me toma bastante tempo.

— Mas isso é um trabalho? Você está recebendo?

Ela se desarma:

— Precisamos deixar isso claro?

— Acho que não.

Descrevo a ela um vídeo que encontrei na internet: há um muro de madeira, num terreno vazio. De um lado, um homem com uma luva de box. Um buraco no muro. Um jovem se aproxima pelo outro lado e encosta a genitália no buraco. Estão todos vestidos. O boxeador dá um soco, o jovem se curva de dor. Buscando novamente o prazer, o jovem volta para o fim de uma fila, onde outros aguardam para serem soqueados.

— Eles gostam da dor?

— Um soco nos testículos dói terrivelmente. Mas passa logo. A dor desvanece.

— Você gostaria de entrar nessa fila?

— Sim, é possível. Uma vez aconteceu com meu pai, mas foi involuntário. Ele tinha costume de fazer cócegas nos filhos. Eu reagia: para com isso! Uma vez, tentando me livrar das cócegas, sem querer dei um soco na genitália dele.

— Para mim, a dor não traz prazer nenhum. O perigo, talvez. Não a dor.

— Talvez um dia você se depare com um boxeador saindo do meu apartamento.

"Oficina de cinema no ABC. Professora improvisada, mal tenho diploma. Primeira aula: uma aluna, apagada, no fundo do teatro. Segunda aula: ela vem de batom vermelho. A-ha!, penso. Alguém me notou. Acaba o curso, marcamos de sair. Ela também é professora, teve seus casos com alunas. É a única lésbica disponível que conheço. Quero transar, vamos lá. No meu quarto alugado, nem tiramos a roupa. Lábios finos. Não rolou."

Milena escreveu o conto acima porque pedi. Tentou simular meu jeito de escrever.

— Não gostei do resultado — ela explica. — Me incomoda esse ritmo de frases curtas, tipo batida de bumbo.

— Escreva outro — sugiro.

"Vinte e dois anos. Terminei a faculdade. Dividimos a casa, há meses vejo seu corpo só de calcinha. Vinho barato, patati, patatá. A cabeça já latejando, tomo coragem. Pela primeira vez, chupar uma mulher. Vou gostar? A outra se diverte, sabia da minha paixão (leu meu diário, depois me contaria). Não lembro se ela me chupou. Eu sim: gostei. Só língua. Não sabia na época o que fazer com os dedos."

Ela não gostou de nenhum deles. No fim da reunião, dispensou beijinho, chamou o elevador, fez um gesto qualquer, eu podia já fechar a porta. Na quarta-feira seguinte, perguntei:

— "A mulher que ama outra mulher precisa cortar as unhas." Ouvi num podcast, é da Clarice?

Milena duvida:

— Explícito demais para Clarice.

Milena prestou vestibular para a Escola de Comunicações porque leu, no manual do candidato, que nas aulas de roteiro cinematográfico se praticavam Personagem, Diálogo e Narrativa. Ela nem imaginava quem eram os professores. Não fez nenhuma visita ao campus antes do primeiro dia de aula. Não conhecia a cidade, veio de outro estado.

As aulas aconteciam no terceiro andar do prédio central da Escola, nas salas à direita da escada principal. Ela descreve o espaço, em suas palavras: três ou quatro salas de aula, uma saleta de vídeo, o auditório para projeção de filmes, e mais áreas técnicas: sala de moviola, equipamentos, laboratório de computadores para edição de som, um estúdio de ensaio.

— Logo no início do corredor — ela me diz — havia um pequeno ambiente, a "sala de produção", onde os alunos se reuniam para planejar seus curtas-metragens. Havia um telefone fixo, liberado apenas para ligações locais.

Fui professor da Escola por quase vinte anos e poucas vezes entrei nessa sala.

Na visão de Milena, o curso de Cinema é principalmente sobre fazer: escrever roteiros, pegar os equipamentos, filmar, editar e exibir. Mostravam seus projetos aos colegas e professores, e essas reações ofereciam os primeiros sinais de que seu trabalho tinha algum interesse — se suas pequenas obras significavam algo mais que um projeto de estudante. Alguns alunos se tornavam localmente admirados, no boca a boca, nos corredores.

— Nos bares de cerveja barata que frequentávamos — Milena completa. — O Cu do Padre, atrás da igreja; o Luigi, perto do cemitério, onde um velho magro era ao mesmo tempo dono e garçom.

O veterano mais famoso, quando ela começou a faculdade, era Saulo — que fez um curta de três minutos em que um homem cortava o pescoço de uma galinha, enchia uma seringa de sangue e injetava em si mesmo.

— O sangue era um tema daquele período — ela relembra. — Foi você quem disse, numa aula sobre o *Drácula*, de Coppola?

— Nunca dei aula sobre esse filme.

— Deve ter sido outro professor, então.

Milena não se lembra de todas as histórias que escreveu na faculdade. "A vizinha de cima", "A língua do cão". No elevador, uma mulher se envergonha ao descobrir que a vizinha a ouve gemendo à noite. Um professor transa com uma ex-aluna que não consegue gozar com sexo oral. As histórias falavam de sexo. Milena notava os olhares de respeito dos colegas.

— Talvez eu tenha percebido, nessa época, que escrever sobre sexo era um truque certo para capturar o interesse — ela me conta.

No segundo semestre de Narrativa, entrou na turma dela um intercambista de Santa Cruz de la Sierra. Ele escreveu uma fábula moral, em que uma travesti se apaixonava por um rapaz e, para não o enganar, confessava que "não era uma mulher de verdade". Afastava-se do garoto e voltava a se vestir como homem.

— Estupefação geral na turma.

Milena explica que, mesmo se divertindo com piadinhas machistas, seus amigos nunca questionariam o gênero alheio. O aluno mais inteligente de sua turma relatou numa cervejada que dava carona ao intercambista. Quando passavam pela avenida do Jockey, Roger (o intercambista) não conseguia acreditar que as garotas de programa eram travestis. "Não acredito! Impossível!", ele repetia toda vez.

Na aula seguinte, Milena se ofereceu para reescrever a fábula do Roger. Chamou a história revisada de "Beijo no hemocentro". Na sua versão, a personagem principal era "uma senhora alta e loira", travesti, que ia doar sangue para ajudar um amigo. Um rapaz magrinho e assustado é instalado na cadeira de doação ao lado dela. Na época, as pessoas doavam sangue para serem testadas, sem vocalizar num balcão de laboratório que temiam ter se contaminado.

— Fiz isso, duas ou três vezes — Milena me diz.

Na salinha de lanche, depois da doação, o rapaz está meio tonto de pressão baixa e nervosismo. A senhora beija a boca dele, carinhosa, como mãe e filho. O garoto confessa que nunca beijou uma mulher antes.

Milena leu sua versão para a turma, numa das minhas aulas. Os colegas sorriram aliviados.

— Não tinha gays na minha turma — ela explica. — O mundo do cinema era bastante machista, inclusive na faculdade.

Chico Botelho, professor, teve um infarto fulminante, alguns anos antes de Milena entrar na universidade. Nomearam um laboratório de fotografia em sua homenagem; a placa dizia: "Quarto Escuro Chico Botelho". Milena conta que os caras de sua turma se provocavam uns aos outros: "Ah, vocês dois no Quarto Escuro Chico Botelho!".

* * *

Há dois anos, desde que começamos a trabalhar juntos em minha autobiografia, peço que Milena corte palavras. Na mesa da sala, ela vê as folhas impressas com letras enormes. Observa a dificuldade com que leio, o olho quase encostando na lupa quase encostada ao papel, letra por letra. Palavras desnecessárias desperdiçam esse esforço.

Milena me conta que ainda guarda, numa pasta, os roteiros datilografados que escreveu na faculdade.

— Procurei "A vizinha de cima", o primeiro trabalho que você elogiou — ela me diz. — Não encontrei. Você elogiou poucos trabalhos meus. Talvez uns quatro, nos três anos de curso. Ainda assim, os colegas achavam que eu era sua queridinha. Você não elogiava ninguém.

— Eu deveria elogiar?

— Muitos alunos saíram traumatizados das suas aulas. Desistiram de escrever por sua causa.

— Isso é o que eles dizem.

Quando começaram as filmagens dos curtas-metragens da turma, Milena assumiu a produção de dois filmes, e durante um semestre não entregou os textos de sua bolsa de iniciação científica. Quando se completaram os doze meses, avisei a ela que não trabalhara o suficiente, e passei a bolsa para outro aluno.

Auditório do MIS:

A mediadora me pediu para abrir o debate. Recusei, que o cineasta falasse primeiro. Entra o público, a mediadora me passa a palavra, me pega desprevenido. Não tenho anotações sobre os filmes. Preciso dizer algo, invado a vida privada de

Arthur Omar: conto que praticou meditação no ano passado em Nova York. Que se concentrou no cóccix e sentiu a ereção se formar. Não rechaçou os pensamentos parasitas, se concentrou na concentração e a ereção foi subindo pela coluna vertebral. Chegou ao cerebelo e então a ejaculação explodiu no cérebro. Seu corpo não estremeceu, ele controlou a pressão de dentro pra fora. Risos de incredulidade por parte de ouvintes. Arthur confirma e acalma o público. Retifica detalhes: não foi em Nova York nem no ano passado.

Não tenho bebido. Felipa passa no quarto à noite, pra ver se durmo bem. Ela controla as cartelas de zolpidem agora, deixa só dois comprimidos ao lado da cama. As testemunhas da casa confirmam que meu sono melhorou.

Sou cicatrização sem cicatriz. Gostei da frase, digna de um filósofo francês. Caiu em cima de mim como meteorito. Não entendi. Vou pedir para Milena destrinchar a charada. Ela ensaia uma interpretação: há um processo com finalidade, a qual não se resolve. Há um início que a frase elide, pode ter havido uma ferida. Me identifico com o processo inconcluso. Você me vê nessa frase? Milena se cala. Não dá corda para a filosofia que invento sobre mim. Rovena traz meu suplemento.

Morei no Rio de Janeiro — foi bom.

À noite, os homens começam a se caçar no arvoredo do Flamengo. Me aproximo de um jovem apoiado numa árvore. Ele se afasta. Ficamos nos olhando. Ele volta. Não nos tocamos, só nossos lábios se encostam, o beijo se aprofunda, abro sua calça, ele abre a minha. Ele se vira. Eu o penetro, ele reage bem. Debaixo da camisa sinto seus mamilos duros. Ejaculo, gememos. Bato punheta pra ele.

Andamos na avenida da praia. Por quê? Sua companhia é doce. Sua pele escura e lisa me seduz. Ele não deve ter mais de sessenta e cinco quilos. Se fosse hoje, estaríamos de mãos dadas. Ele me dá o número de telefone da fábrica.

Nos encontramos em hotéis do Centro. Nos chupamos, nos lambemos. Damos um pro outro. É a festa. Batidas na porta, "A hora já passou". Negociamos mais uma hora, "Veja lá".

— Notou que você anda diferente, não rebola mais?

— Notei.

— Por quê?

— Não sei.

— Você não precisa mais chamar o macho. Temos uma relação afetuosa.

Vou a Manaus. Ligo no dia seguinte na hora certa. "Um momento", musiquinha, "ele já saiu." E no dia seguinte. "Não tem ninguém com esse nome."

Fim da história.

Parei de usar o colar cervical. A liberdade do pescoço me permite voltar ao computador. O colar cervical se chama minerva, em francês. Deusa das artes e da guerra, a Minerva protege o cérebro, onde mora a sabedoria.

Uma cena me vem à memória: Um jovem nissei, leitor de Georges Bataille. Ele ficava de costas, dobrava as pernas e encostava os joelhos no peito. Despejava conhaque no cu. No recôncavo. Me pedia para beber, como o gato lambe o leite. Não podia demorar muito. Uma vez que acabava o conhaque, eu o penetrava. A dose do conhaque podia ser dupla. Era Domecq.

* * *

O interfone toca. Felipa atende:

— Obrigada, Chico.

Som da campainha. No banheiro, o nonagenário estremece, corre com lentidão, enfia a revista pornô debaixo da poltrona.

Felipa abre a porta, Milena me abraça:

— Cortou o cabelo, ficou bem.

Milena já adiantou quarenta páginas do livro, está agora mais familiarizada com as minhas ideias. Diz que há um vazio no início dos anos 2000, antes de meus trabalhos como ator. Poucas histórias sobre aquele período. A observação não me leva a nada. Ela insiste:

— Você se sentia solitário, do ponto de vista afetivo e erótico? Um vazio no campo íntimo?

As perguntas me entediam — tento responder:

— Minha vida sexual no século XXI: altos e baixos. Houve encontros, houve mortes. Mais ou menos.

— Você se aproximava dos setenta anos.

— Por que contar as décadas?

— Me pergunto o que há de nostalgia nas suas histórias... É a figura do velho arrependido pelas chances desperdiçadas?

Não fujo à pergunta, que me desagrada:

— A verdade, Milena, é que sinto arrependimento: de não ter aceitado a proposta calada do compositor, a proposta silenciosa do viúvo, a proposta gestual do rapaz do MIS, e tantas outras propostas que não percebi ou fingi não perceber.

— Você queria, retrospectivamente, ter tido uma vida com mais prazer?

— Sim.

Há uma história que já contei outras vezes:

Na sala de espera de um hospital, onde se tratam doentes de aids, um rapaz aproxima-se e me explica que está gravemente doente, que vai morrer. Estranho: ele parece forte, é musculoso, tem boa aparência. Pergunto sobre o sangue dele (carga viral, CD4, CD8...) — está muito melhor do que o meu.

— Você me parece mais deprimido do que verdadeiramente doente — digo.

Ele confessa que a doença o deixa deprimido.

— Você já estava deprimido antes de estar doente?

Ele confirma:

— Mas antes era uma depressão existencial.

Ele capitaliza a aids em seu benefício. Agora, sim, ele tem um bom motivo para estar deprimido: a doença.

Zaidan e eu dividimos um apartamento, no fim dos anos 1970, quando voltei do Rio de Janeiro. Aprendi com ele a deixar o julgamento de lado. Zaidan não julgava ninguém. Pra mim foi difícil me livrar das avaliações, pois não deixei de viver num ambiente moralista e católico. Cresci em meio a essas entonações de desdém — entonações superiores.

Morávamos na alameda Tietê. Mário (meu namorado) estava sempre no apartamento. Zaidan reclamava que Mário era presente demais.

— Por que te incomoda? — reagi. — Mário vem à noite... Quando você chega, já fechamos a porta. Quando ele sai, de manhã, você nem levantou ainda.

Zaidan me responde:

— Vocês ocupam meu espaço mental.

Esse mesmo apartamento era frequentado por um crítico de cinema, um asquenaze esbelto. Eu morria de tesão por ele. Uma bela noite resolvi atacar. Ele me respondeu: "Já tenho um namorado".

Zaidan me disse um dia que fulano gostaria de transar comigo — ele é nissei (outro nissei), urbanista. Respondi ok. O urbanista telefonou, marcamos uma hora para transar: terça-feira, dezessete horas. O urbanista chegou pontualmente. Deitou de costas, eu me posicionei entre as pernas dele. Chupava, lambia seu cu etc. Seu pentelho liso me atraía. As pernas dele vazavam para fora da cama. O urbanista propôs um sessenta e nove. Respondi que não. Era uma transa técnica, sem contato afetivo. Mantendo minha posição, provocava melhor seu prazer. Ele reclamou:

— Assim você não sente nada.

O urbanista nunca mais telefonou.

O cotidiano com Zaidan era difícil. Um dia tomo café da manhã e, atrasadíssimo para a aula, deixo minha xícara na pia, com uns pratos e copos que já estavam ali. Quando volto, Zaidan me acusa:

— Você não quis lavar minha louça?

Como se qualquer copo sujo fosse uma provocação pessoal. Não era apenas minha opinião — um primo dele achava o mesmo.

Eu tive também minhas crises. No Recife, conheci Frank, um jovem diretor de teatro, fiquei fascinado por esse homem. Conversamos muito num evento, tentei criar uma situação íntima, mas não consegui. De volta a São Paulo, cresceu uma paixão avassaladora pelo pernambucano. Passei a escrever cartas para ele — declarações sexualizadas, uma correspondência pornográfica.

Zaidan me compreendeu. Ele acreditava, como o Pequeno Príncipe, que as pessoas são responsáveis pelas paixões que despertam. Foi ao Recife e procurou Frank. A resposta:

— De minha parte, não há nada. Só gosto de conversar com ele.

Anos depois, essa correspondência foi doada a um poeta de Olinda, que não fez nada com ela.

Zaidan e eu compartilhamos o espaço por onze anos, pois não tínhamos condições de bancar sozinhos o aluguel de um apartamento. O contrato estava em nome do meu pai. Nas discussões, eu alertava Zaidan:

— Se eu sair daqui, por que meu pai seria fiador de um imóvel para uma pessoa que ele nem conhece?

É de perguntar por que aguentei tanto tempo com ele. Então me lembro: o apartamento era barato, a ditadura militar congelou os aluguéis.

Reencontro Frank numa filmagem, muitos anos depois. Ele de um lado da câmera, eu do outro. Após cada tomada, nossos abraços se apertavam e se prolongavam. As barbas se roçavam. Não passamos disso.

Voltei para São Paulo. Seus olhos verdes estão presentes. Telefono, combinamos passar um fim de semana juntos. Amigos perguntavam: "O que cê vai fazer em Recife?". Resposta: namorar.

Ele morava com um casal. No sábado fomos ao Cinema São Luiz e ao restaurante. No domingo estava esticado na cama de bermuda. Ele entrou, de bermuda, e se esticou bem a meu lado, sem me tocar. Ficamos assim um longo tempo, calados, olhando o teto. Dois jacentes, de bermuda. Ele se levantou e saiu.

Envolver o pescoço dele com meu braço, sorrir para seus olhos pernambucanos, lamber de leve seu mamilo esquerdo, descer lentamente minha mão até a fronteira da bermuda, passar por baixo. Tudo era simples. Não havia obstáculo. A não ser eu.

Tenho visto fantasmas. Quando estou na cama, vejo algo passar no teto e flutuar até o escritório. Outra noite, com Felipa, ao terminarmos o banho, saindo do banheiro vi uma figura transparente, que atravessava o corredor, do escritório até o quarto de hóspedes. Fui atrás, agitado. Alfredo está no apartamento, por alguns dias. Ele me diz que está de cuecas, por isso passou rápido, para não incomodar.

Mas não foi isso. A figura que vi era mais longa, ia quase até o teto.

Já ouvi num telejornal que há fantasmas no meu edifício.

Às vezes sinto cheiro de gordura. Perguntei a Milena, ela não sente. Exatamente agora, percebo um outro cheiro, mais agradável. São alucinações olfativas.

Alfredo me diz:

— Conheci o Frank no Carnaval de Olinda. Ano passado.

— Você tem o número dele? — peço, aturdido.

WhatsApp. Mensagem de áudio. Simpatia mútua. Marcamos um Zoom.

Frank ainda parece jovem, algumas rugas, o charme de sempre. Não, ele não se lembra daquela cama. Aos poucos a memória volta. Falo do livro que escrevo com Milena. De novas experiências que eu gostaria de incluir no livro. O que ele acha de nos reencontrarmos? Podemos conversar, talvez algo mais, quem sabe? Ele se mostra reticente. Quando ele vira o rosto para pensar, a luz da janela o ilumina.

— Talvez, pode acontecer, um festival, uma gravação, me deixa um tempo... Te ligo.

Não falei do acidente.

Por que esse zum? Para reconstruir o passado?

Não, ele não recusou. Tampouco aceitou. Ficamos no Pode ser.

Depois de inúmeras discussões inúteis, Zaidan saiu do apartamento que dividíamos na seleta alameda Tietê. Fiquei sozinho. A proprietária foi à justiça para reajustar o aluguel defasado. Um dia chegou um oficial de justiça — eu estava dentro da lei, mas refleti: quer saber? Vou mudar, não aguento mais. Nem gosto desse bairro.

Fui morar na rua Aurora. O congelamento dos aluguéis tinha sido anulado, e o aluguel lá era maior, mesmo sendo um bairro menos elegante. Eu não sabia que aquele quarteirão da rua Aurora ficava no meio de uma zona gay. Depois, claro, me dei conta. O mictório da praça da República era chamado de Catedral; o do Arouche, de Capelinha.

Saindo do prédio, virei à direita. Um homem parou perto da banca e olhou pra mim. Não tomei conhecimento. Só quando me virei, percebi que o conhecia. Segui na direção dele.

Meu vizinho tinha nos apresentado no vegetariano ovolacto da Bento Freitas: o ator e escritor (eu), o comissário de bordo (ele). Trocamos um olhar e um sorriso de simpatia. Ele logo corrigiu: aeromoço.

Antes da banca de jornal, bruscamente, interrompo meu percurso. Cumprimentá-lo, agora, depois daquela primeira simpatia? O que poderia acontecer? Viro à esquerda e volto para o prédio. Fiquei em casa naquela noite, sem nada importante a fazer.

Dias depois, no ovolacto, nos reencontramos. Me desculpo; o aeromoço responde com justificada altivez. Dali eu iria à papelaria, comprar uma caneta vermelha pra grifar os diálogos de um roteiro. Ele me acompanha.

Emendamos a papelaria com um cinema no Belas Artes. Ônibus lotado para subir a Consolação. O aeromoço se inclina para dar o sinal. Me encaixo nele. Aproveitamos os solavancos do veículo. Um olhar fundamentalista gritaria Ofensa ao Pudor.

Passageiros querem descer, me afasto. Passamos do ponto. Uma pausa, um ligeiro refluxo. O ônibus sai. Volto à minha posição. Desistimos do cinema. Em São Paulo descia-se, então, pela frente. Saltamos do ônibus. Cubro com o roteiro a braguilha encharcada.

O aeromoço sofria de uma incômoda fimose. Em nosso primeiro encontro num quarto, percebi que ele poderia se machucar, caso eu o levasse a me penetrar. Por solidariedade, não insisti. Conversamos sobre uma possível cirurgia. Ele não queria ouvir falar disso.

Algum tempo depois, preciso ir à Europa. O prédio do aeromoço está em obras, empresto a ele meu apartamento. Volto da Europa. Deixo a mala no corredor. Tomo banho.

Ouço a porta de entrada se abrir e se fechar. Vou pro corredor. O aeromoço se imobiliza diante do viajante pelado:

— É pra já!

Pego o aeromoço vestido pela mão e o levo ao meu quarto. Um furor sexual se apodera de nós. Todos os orifícios são explorados. Tudo o que pode ser lambido é lambido, chupado é chupado, inclusive o dedão do pé. Após gozarmos várias vezes, um e outro, vou buscar toalhas. Adormecemos e acordamos dias mais tarde.

Durante semanas o tesão ferveu. O aeromoço viaja a trabalho e volta. Digo: "Sou sempre eu que te come. Hoje quero dar". Fico de quatro, a cabeça encostada na cama. Ele pinça meus mamilos, me masturba. Os fôlegos se aceleravam. Ele hesita. A fimose.

Reencontro o vizinho que nos apresentou no restaurante ovolacto. Ele comenta que sou muito mais velho que o aeromoço mas não parece. O vizinho é um paulistano quatrocentão ostensivamente gay, que, depois descobri, estava apaixonado pelo aeromoço. Um dia, o aeromoço e eu estamos passeando na rua Augusta. Nos viramos por acaso e notamos o vizinho quatrocentão. O aeromoço me puxa e nos escondemos na Galeria Ouro Fino. O quatrocentão entra num prédio, lança um olhar desdenhoso em nossa direção. Tem nádegas volumosas. O aeromoço diz:

— Ele anda como mulher.

— Você já viu uma mulher andar assim?

— Não. Nunca.

Ele está de férias, não faz a barba. Vamos pra Santos. Passamos a noite trepando, acordo com as bochechas queimando. Foi sua barba curta e feroz. Descemos, e ele pede um creme hidratante. O vendedor nos olha, a ele e a mim, e cai na gargalhada.

Vamos a um bar. Depois do segundo chope, vou ao banheiro. Um cara lindo me provoca e começamos a nos tocar. Me reprimo:

— Aqui não dá.

Ele me responde:

— Não se preocupe, eu sou o dono.

— Não posso gozar, estou acompanhado.

Ele goza. Voltamos ao salão. À mesa, o aeromoço observa:

— Você demorou.

Respondo:

— Havia fila.

O garçom de repente aparece com duas taças de espumante. Reajo:

— Não pedi isso!

O garçom explica: ele que mandou.

O aeromoço se enraivece. Não me culpo, o banheiro foi maravilhoso.

O vizinho de nádegas volumosas nos convida para jantar. O aeromoço assopra sua colher de sopa de agrião para resfriá-la, e a leva à boca. Aparo meu movimento, à espera de uma aprovação que não vem. O vizinho toma sua sopa de agrião na mais total indiferença.

Certa vez, numa cozinha, sentados a uma pequena mesa, perguntei ao aeromoço:

— Por que você está tão apegado a mim?

Ele me respondeu:

— Porque você usa bem os talheres.

Às vezes me lembro dele, pois não consigo mais usar os talheres com elegância. Perdi a força das mãos.

* * *

— Que cinzeiro você usava na sala de aula? — Milena pergunta. — Você acendia e esquecia de tragar… o cigarro queimava inteiro entre seus dedos amarelados.

— Faz dezenove anos que parei de fumar.

Quando Milena se interessou por Fabrício, ela não sabia como chamar sua atenção. Então escreveu umas páginas, três cenas de sexo entre "ela" e "ele", que nunca eram caracterizados. Apenas as ações: ela monta sobre ele, ele mete e goza, ele põe a camisinha, ela põe a camisinha nele etc. Deu um título franco: "Três atos sexuais".

— Eu queria testar se as ações criavam algum significado, secas, sem contexto — ela me explica.

Deu certo. Numa festinha, ela leu o texto para a turma. No avançar da noite, Fabrício e ela se aproximaram, entre outros casais que se pegavam, espalhados pelo chão e pelos sofás.

Milena era da turma de 1993. Havia uma garota de olhos grandes, da turma de 1994, que também escrevia cenas explícitas.

— Não me lembro dela — hesito.

— Alguém me contou que você a proibiu de escrever sobre sexo — Milena diz. — O tema se tornou automático e os textos dela não evoluíam. Foi o que me contaram.

— Realmente, não lembro.

— Também me contaram que da outra aluna, mais puritana, você reclamou: "Isso é piegas demais".

Havia duas alunas lésbicas na época de Milena: uma carioca hiperativa da turma de 1992 e uma sergipana, da turma de 1990, que dirigia um Fiat verde-escuro.

— O resto era bem careta — ela diz. — De manhã, chegavam os casaizinhos, de mãos dadas e banho tomado.

Lembro das aulas:

Um aluno, na última fileira da classe, conversa animadamente com um colega. Ele veste uma bermuda verde larga, que revela uma sunga de lycra branca. Ela brilha.

Primeira fileira, bermuda larga, pernas afastadas: sem cueca.

O professor deve ter um grande poder de concentração.

Fabrício se envolveu com uma revista de poesia quando Milena e ele já namoravam. O editor, Murilo, tinha vinte e poucos anos, como eles. Filho de professores universitários, ele não fazia faculdade (começou ciências sociais e abandonou). A revista de poesia era seu grande projeto — seu pai financiava a impressão. A cada número, um pequeno grupo de amigos poetas se reunia para planejar a edição: seus próprios poemas inéditos, traduções de poetas escolhidos, poetas brasileiros que mostravam um caminho autêntico (segundo os ideais de vida e arte de Murilo).

— O grupo se reconfigurava a cada número porque todos, exceto Murilo, eram acessórios — Milena explica.

Ela não sabia disso quando Fabrício, apaixonadamente, começou a hospedar as reuniões em seu apartamento, que era espaçoso e onde ele morava sozinho — diferentemente de Murilo, ainda na casa dos pais, num bairro residencial longe de tudo.

O número 3 da revista foi montado na mesa de jantar do apartamento de Fabrício, entre as poltronas de veludo verde e imagens católicas, decoração herdada do avô dele. Colaboradores iam e vinham, mas o trabalho braçal de digitar, imprimir, recortar e colar os fragmentos para a montagem do boneco foi feito por Fabrício, Murilo e sua namorada.

— Murilo e a namorada dormiam por lá, acordavam e continuavam trabalhando — Milena me conta.

Tardes inteiras, noites e fins de semana. As reuniões conceituais, com os outros jovens poetas, evoluíam para saraus etílicos e psicodélicos.

— Na época surgiram os "doces", ácido, nas festas da faculdade — continua.

Milena queria escrever, como eles. Amava a psicodelia, como eles. Por que não gostava das reuniões?

— Eu desconfiava de tudo. As mulheres eram sempre as namoradas — reflete.

O homenageado daquela edição foi o poeta Roberto Piva. Murilo estava fascinado por sua poesia. Discursava contra os concretistas, intelectuais insípidos, e exaltava Piva: onírico, sensorial, intuitivo, musical. Murilo caçava referências para legitimar Piva como o valioso artista marginal que precisava ser içado para escoar as águas paradas de uma poesia chapa-branca que não interessava a ninguém. Piva, um cinquentão empobrecido na época, vivia em algum canto esquecido do Centro, meio calvo, meio gordo.

— Um tiozinho que passaria despercebido numa fila de ônibus — Milena define.

Murilo o encontrava num boteco para ouvir seus poemas mais recentes, os Cantos Xamânicos, que o hipnotizavam. Piva falava de um Lugar de Poder, na serra da Cantareira, o lugar onde se iniciou no xamanismo nos anos 1980, e Murilo ansiava visitar esse espaço sagrado, em meio à mata nativa da serra.

Murilo não tinha carro. Fabrício tinha um Gol. Combinaram um domingo em que iriam os quatro — Murilo e a namorada, Fabrício e Milena — buscar Piva em seu apartamento, e a partir dali seguir suas instruções para chegar ao Lugar de Poder.

Madrugaram. No caminho, já subindo a serra, Piva apontou uma churrascaria que, segundo ele, era deliciosa. Curva pra lá, curva pra cá, asfalto velho e batido, chegaram ao topo, onde famílias se instalavam para piqueniques.

— Finalmente estacionamos onde Piva indicou — Milena conta. — Descemos do carro, cruzamos um matinho seco e chegamos a uma área aberta, entre uns eucaliptos, na beira de um riacho.

Era um inverno quente. As folhas dos eucaliptos sem vigor. A clareira, de terra batida, debaixo do sol, parecia um campinho abandonado de futebol de várzea.

— Talvez fosse.

Caminharam um pouco em torno do lugar. Piva continuou contando suas histórias de iniciação xamânica.

— Mas naquele cenário — ela continua — nem Murilo nem Fabrício pareciam mais convencidos. Com o sol alto, Piva de repente se lembrou: "Já é meio-dia? A churrascaria deve estar aberta. É bom chegar cedo, pois ela fica lotada no domingo!".

Voltaram para o Gol, desceram a estradinha até o restaurante. Iriam, claro, pagar o almoço de Piva, dividindo entre os quatro. Milena deu sua contribuição com um palito entalado na garganta.

Naquela época eu a encontrei, ainda contrariada, algumas semanas depois do passeio.

— Esses caras de merda, vaidosos de merda! — ela me dizia. — Ficam com esse delírio de ser o novo caminho da poesia, ficam babando ovo para esse poeta de merda, que só queria uma boca-livre!

— Que poeta? — perguntei.

— Um tal Roberto Piva.

Opinei:

— Piva não é uma merda.

Milena engoliu a seco seu palito parado na garganta.

O encenador Patrice Chéreau esteve no Brasil em dezembro de 1980, em missão cultural do governo francês. Participou de palestras e debates; seu rosto aparecia nos jornais, com a franja jogada de lado, cigarro na boca. Visitou um presídio, onde se ensaiava uma peça de Natal. Os detentos o acharam parecido com Alain Delon. Uma nota na *Gazeta* anuncia sua participação na vigília cultural do Teatro Oficina: "A vigília começa às 14h30 com um debate com o encantador francês Patrice Chéreau". Um ato falho: o jornalista o chama de encantador, em vez de encenador. Era um encenador encantador.

Eu participaria de tal debate, informa a mesma nota. Posso ter ido. Posso ter esquecido. Só me lembro de Chéreau quando seu filme *O homem ferido* foi exibido na Mostra, em 1984.

Um rapaz acompanha a família a uma estação de trem. Pai, irmã, e a mãe que apressa a todos, correm pra não perder o ônibus. Na estação, escoteiros, mochileiros e trabalhadores. A mãe consegue um banco para sentarem todos juntos enquanto esperam. O jovem Henri se afasta da família, atraído por outro movimento que se desenrola: enquanto os passageiros chegam e seguem, homens se olham de longe, jovens e velhos, rudes ou burgueses.

Um cara seduz e rouba os senhores que frequentam a estação à caça.

O homem ferido me perturbou.

Uma cena, que não compreendo bem, fica na minha memória:

Henri vai ao apartamento onde o patife loiro vive com a esposa. Chega a noite, o casal se deita. O marido provoca a esposa e ela recusa; ela dorme no chão, enrolada num cobertor. O rapaz se ajeita num sofá e acorda quando o dia desponta. O marido diz:

— Venha dormir comigo.

"Venha dormir comigo" — não sei a quem se dirige a solicitação. A esposa nega. Mas talvez seja Henri que recusa. O marido se levanta, contorna a cama e vai pro banheiro. Fica numa posição em que o jovem possa vê-lo. A porta enquadra sua nudez com fartos pentelhos. O jovem se inibe, faz uns gestos desconexos e sai rapidamente.

Recrio a cena, em minha lembrança. Essa saída é também a minha.

Depois de *O homem ferido*, persigo a obra de Chéreau: fui a Paris assistir a *Fedra*, que ele montou na Comédie-Française. Não consegui ingresso. Fiquei na fila por quatro horas à espera dos assentos vagos liberados cinco minutos antes do início do espetáculo. Consegui um lugar, atrás de uma coluna.

[...]
eu começo a sonhar com você todas as tardes
& você lá em Santos
comendo amendoim
vendo anjos nas cebolas do mercado
navios entram & saem do porto polidos
eu corto as veias & rego meu queijo de Minas
[...]

Por que Milena me contou essa história de Piva? Queria ver a minha reação, se eu diria alguma coisa? Por que me calei? Por que não disse que gostava de ir com ele a bares e saunas? De vê-lo despido, de tocar sua nudez quando não era o poeta famoso, quando era reduzido a seu mínimo? O desejo essencial de uma boca e uma bunda de macho. Por que não falei de nosso último encontro, na rua? Não aguentei tua decadência e baixei os olhos. Me arrependo. Arrependimento não é digno de Piva. Te mando um beijo tardio.

A Cinemateca me pede indicações de filmes para uma mostra. Recomendo *O homem ferido*, quero revê-lo. No café, enquanto esperamos a projeção, há um casal. Ela é mais alta que o marido, já meio curvado, têm cerca de setenta e cinco anos. Acabam de assistir a *O anjo nasceu*, outro filme que indiquei aos programadores. A esposa vem me cobrar:

— O senhor é um homem de cinema, eu não. Como homem de cinema, o senhor deveria ter mais responsabilidade e programar filmes que as pessoas entendam.

Na saída da projeção, me perco do meu acompanhante.

Vejo novamente o casal. A esposa me encara, com desprezo. O marido não percebe os olhares, assim como não havia escutado a queixa anterior, no café.

Eu não lembrava bem do filme. A projeção e a degeneração das minhas retinas não ajudaram, foi apenas uma evocação do que eu já tinha visto.

Milena não conseguiu ir à Cinemateca naquela noite. Procurou o filme na internet, mas só achou um link numa rede social russa. Teve medo de clicar: seria um golpe, um vírus? As notícias nos levam a desconfiar dos russos. Finalmente ela clica, pois nenhum outro site oferece o filme. O link funciona.

Milena assiste. Ela me descreve uma cena: no clímax da história, o jovem Henri está deitado no assoalho de uma mansão. Ao seu lado, o patife loiro. Que abre o zíper do jovem. Cueca tensa. O elegante voyeur os observa do alto da escada. O patife chupa o próprio dedão.

— Frustrante. Para Henri e para nós — Milena completa.

Peço que ela me confirme se vemos a nudez de Jean. Se o loiro é bonito como me lembro.

— Sim, é muito bonito. Aparece nu. Sim, vemos seus pentelhos.

Me ocorre dizer:

— Essa beleza é um horror.

GAROTOS VIOLETA

Reluzem debaixo do viaduto
Suas camisas abertas
Exibem músculos

Seus cintos desafivelados
São convites.

A chuva parou
O ar continua úmido.

Agora escrevo versos. Piva baixou em mim.
Pergunto a Milena:
— A que hora do dia essa cena ocorre?
Ela, cuidadosa:
— Fim da tarde?

Durante algumas semanas, Milena ficará fascinada com uma coincidência: Patrice Chéreau escreveu o roteiro de *O homem ferido* com Hervé Guibert. Guibert era amigo de Mathieu Lindon, autor das memórias *O que amar quer dizer*, que ela lia exatamente naqueles dias, por indicação de uma amiga. Na quarta-feira em que falamos do filme, Milena encontra na minha estante o livro de Guibert: *Ao amigo que não me salvou a vida*. Ela descobre que Lindon foi namorado de um escritor brasileiro, amigo de Yolanda, e vai buscando outras informações sobre os franceses: anos 1980, anos 1990, Foucault, aids, quem morreu, quem sobreviveu.

Nada disso me diz respeito. O livro de Guibert está inerte, na minha estante, intocado. É a edição original francesa.

— Leve pra você — digo, já abrindo a porta da saída.

Ela segura o livro entre as mãos. Explico:

— Pra mim já não serve. Não posso ler.

O didatismo de Milena. Se fosse um personagem, eu acusaria:

— Você só vem aqui para me pressionar.

— Então me pressione você — Milena diria.

Peço que Milena anote uma ideia que me veio outro dia: "Uma frase cortante como uma lâmina de faca". É como deveríamos escrever.

— No *Homem ferido*, a faca é o primeiro presente do sedutor ao rapaz seduzido — ela relembra.

— Talvez não seja uma ideia tão original.

Num vernissage, há muitos anos, um sujeito se aproximou de mim, e eu me aproximei dele. Dias depois, viajei para Paris. Mandei ao sujeito um cartão-postal banal — uma Torre Eiffel qualquer.

Ao voltar, com a esperança de encontrá-lo, fui a outro vernissage, onde de fato ele estava. Começamos a namorar. Posso até te dizer seu nome: Hudinilson Júnior. Artista plástico, ele lançou a arte xerox no Brasil. A empresa confiou nele, deu máquinas e oficinas. Hudinilson xerocava o próprio corpo nu e depois recortava a imagem, fotocopiava novamente. Até as imagens de terceira geração eram recortadas e xerocadas, chegando a uma abstração. Era como se penetrasse seu corpo mais fundo, mais fundo.

Ele era alcoólatra. Namoramos bastante tempo. Um dia ele chegou em casa e me disse com certa ênfase:

— Você não sabe o que me aconteceu. Minha avó teve um infarto.

Respondi, irritado:

— Isso não te aconteceu. Aconteceu à tua avó.

Hudinilson tinha um ego gigantesco que me perturbava.

Comecei a perceber que voltávamos pra casa e não acontecia nada, nem conversa, nem sexo. Quando estou com alguém que bebe, sou levado a beber.

Cortei essa relação.

Ele faleceu há alguns anos por causa da bebida. Durante sua vida, ele não soube ser reconhecido. Continuava esse tipo de artista vagabundo. Só no fim, um belo dia, uma galerista chamada Jaqueline descobriu seu trabalho. Depois da morte dele, a galerista conseguiu montar uma individual do Hudinilson na Escócia. E em Taiwan. Hudinilson se expandiu pelo mundo.

Me pergunto por que, com tanto interesse, me relaciono com pessoas tão egóticas.

— Inclusive o artista que pintou o anjo atrás de você.

Milena torce-se na poltrona, para ver a gravura na parede. É um enorme anjo adulto, com armadura de guerreiro; ela não identifica a assinatura do artista.

No início da história da *Veja*, o editor me convidou a assumir a crítica de cinema. Pedi um tempo para pensar, e depois, por razões do momento, recusei. Quando saí da reunião, um jornalista me avisa que cometi um erro. Através da revista, eu poderia ter chegado a curador da Bienal. Bastava receber bem as pessoas, oferecer um bom uísque. Além de escrever.

O homem ferido reaviva o impulso de Milena pela pesquisa. Numa biografia, lê que Patrice Chéreau não se interessava em ser um representante da experiência gay. Algumas revistas militantes o criticaram por isso. Milena relê meu artigo em *As faces do preconceito*. Digita: "Um termo de muito sucesso na metade do século xx, a palavra 'gay'".

Estou feliz porque retomei as aulas de Pilates. Hoje tive uma boa sessão, consegui fazer a posição da vela. Digo a Milena:

— Fiz a vela do Pilates. Não a vela da ioga, essa não faço mais.

Milena lembra:

— Há alguns anos você tinha dores fortes na cervical. Nessa época, você contava com orgulho das posições de inversão na ioga. Contei ao meu irmão ortopedista. "Comprimir as vértebras dessa forma certamente não é uma boa ideia", ele disse.

— Não lembro disso.

— Provavelmente não falei nada pra você.

Milena lê na *Gazeta* uma entrevista com Zaidan, que prepara um romance autobiográfico. Zaidan explica que criará nomes fictícios para todos os personagens, exceto ele mesmo. "Para proteger essas pessoas e para me proteger", diz. Escreverá sobre a luta pelos direitos dos homossexuais na década de 1970. Contará também sua história de amor e abandono, "a história mais dolorosa de todas". Diz ele, na entrevista: "um chute na bunda... de uma maneira cruel, grotesca e até desumana".

Quando Milena termina de ler a entrevista, comento:

— A “maneira cruel” de terminar esse amor: fui eu. Ao menos, se reconheci bem a história. Zaidan estava no Recife. O namorado não tinha coragem de propor a separação. Então escrevi uma carta, para prepará-lo.

Milena anota.

— O namorado fugiu com um canadense.

— Como você.

Algum tempo depois, Milena traz a notícia de outra autobiografia lançada por um militante dos direitos dos homossexuais. Um historiador especializado em Brasil.

— Não acha um alívio? — ela diz. — Com essas memórias publicadas, não precisamos ser panorâmicos.

— Panorâmico, como você diz, seria fazer um retrato da vida gay em São Paulo nos anos 1960 e 1970?

— Isso.

— Nunca tive essa intenção. Para mim, este livro é metafísico.

— De todo modo — ela complementa —, acho interessante que estejam saindo, justamente agora, essas memórias de gays da terceira idade.

Fico momentaneamente abismado por Milena incluir o brasilianista na “terceira idade”.

— Ele me visitou, não faz tempo. Não o achei velho.

Ela verifica no celular.

— Ele tem setenta e três anos — informa.

— Era ele meu namorado, o que irritava Zaidan, quando dividíamos o apartamento.

Meu tom é nostálgico, Milena anota. Atualmente, como não enxergo, a imagem no espelho me rejuvenesce.

* * *

Em 1970, fiz uma cena no filme *Suruba ou bacanal*, que Zaidan dirigiu. Apareço quase nu, com uma tanga. Numa clareira entre as árvores, leio um livro, mastigo as folhas, a câmera percorre meu corpo. Acabo enforcado numa árvore alta, o pescoço amarrado por uma corda. Os livros queimam numa fogueira. Um personagem observa minha morte, vestindo um casaco com a frase: "A vida é dura para quem é mole".

Milena assiste ao filme num link encontrado na mesma rede social russa onde achou *O homem ferido*.

— É filme experimental, mas exibem em sites pornô — ela se surpreende.

Imagino se este livro interessará aos usuários desses sites.

Uma cena de sauna:

Na sala de repouso, escolhi uma poltrona ao lado de um cara e abri ostensivamente o roupão. O homem ficou olhando. Na saída, o hall estava lotado. O cara encostou as mãos na minha braguilha. Na rua disse:

— Conheço um hotel.

Chegamos a um hotel elegante. Não pediram os RGS. O cara se jogou na cama em decúbito ventral — merda!

Ele era gordinho, nádegas peludas, pelos também nos ombros. Parecia um vendedor de queijos importados do Mercado Municipal. O botei de quatro, ele passou creme. A penetração foi fácil. Por que um vendedor de queijo não teria um cu delicioso? Aquele cu era uma festa. O cara suplica:

— Não aguento mais.

Nos jogamos de lado, digo:

— Então rebola e me faça gozar.

Ele rebolava como ninguém. "Calma, não vá acordar o hotel."

— Agora é tua vez — ele disse.

Me botou em decúbito dorsal. Passou creme em mim. Me penetrou, foi rápido, uma ejaculação higiênica.

Foi bom para nós dois, concordamos. Uma hora e meia, um pouco mais. Ele pagou. Na rua trocamos telefones. Tomei um táxi.

(antes do acidente)

Uma narrativa tripartite foi o primeiro exercício que passei à turma de Milena. Ela achou simples, três partes, começo, meio e fim. Quem não sabe disso?

— É fácil entender, difícil fazer — eu disse.

No segundo exercício, propus algumas opções formais: uma história com personagem-objeto; narrar sem imagens; contar uma história de trás pra frente. Milena reclamou: as opções lhe pareciam formalistas e artificiais.

Fabrício escolheu a opção personagem-objeto. Adaptou o poema "Café da manhã", de Jacques Prévert: Pôs café na xícara/ Pôs leite na xícara com café/ Pôs açúcar no café com leite [...] Sem me falar/ Sem me olhar. Era um roteiro de curta-metragem, a personagem era a xícara. Do casal, só víamos as mãos. Elogiei o trabalho.

Semanas depois, convidei uma atriz para conversar com a turma. Ela deveria se sentar no centro da sala. Os alunos leriam seus textos, e ela escolheria quais histórias interpretar. A atriz elogiou a beleza de Fabrício.

— Chegou tarde. Ele está comprometido — comentei.

Fabrício era quatro anos mais velho que Milena. Retornou ao curso na turma dela, depois de alguns anos com a matrícula trancada.

— Foi uma história de amor em Florianópolis — Milena explica. — Por isso ele tinha abandonado a faculdade.

Adolescente, em Bauru (a mais de trezentos quilômetros da capital), Fabrício era atleta, competia em campeonatos regionais de natação. Milena não se lembra por que ele escolheu estudar cinema, por que viera para São Paulo.

— Ele deixou uma namorada no interior, que não o perdoava. Ela e toda a família dele esperavam que ficasse na cidade, pra casar e estabelecer família — Milena me conta.

No fim do primeiro ano da faculdade, Fabrício foi mergulhar em Santa Catarina. Lá conheceu uma moça ruiva, de cabelos cheios, quadril estreito e seios grandes. Apaixonou-se. Permaneceu ali quando o verão acabou. Morava com ela, ficavam chapados e nadavam no mar. A paixão se transformou num elo profundo e espiritual, era o que Fabrício acreditava. A moça seguia um mestre esotérico, que ia sempre ao apartamento deles. Meditavam juntos à base de cogumelos. Um dia Fabrício viu a moça transando com o mestre. Voltou para São Paulo, arrasado.

— Ele me contou a história de Florianópolis uma noite, no ônibus, quando voltávamos da mostra do Pasolini — Milena continua. — Foi quando me apaixonei por ele. Por seu olhar de tristeza, ao falar da moça ruiva.

Fabrício demorou meses até conseguir se estabilizar e retomar o curso de Cinema. O trauma afetou seu equilíbrio psíquico e sua masculinidade. Na nova turma, ele encontrou novos amigos. Saíam todos juntos, os baseados circulavam. Fabrício escrevia poemas, no início bastante singelos, dedicados a Milena.

O roteiro *Café da manhã* foi o último trabalho minimalista de Fabrício. Passada a insegurança dos primeiros meses, Fabrício agora chegava chapado às minhas aulas.

— Ele te chamava de "o poderoso canadense" — Milena sorri.

O cineasta Carlão Reichenbach foi convidado pelo departamento para um curso intensivo de direção cinematográfica. A turma de Milena foi assistir, todos juntos, a *Alma corsária*. Fabrício encantou-se com a poesia, a boemia, as emoções expostas, a nostalgia. Carlão era seu mestre. Era assim que queria escrever.

— Ele também adorava o cineasta John Huston, que filmou *Moby Dick* — conta Milena.

— Ah. Certa vez ele me entregou um roteiro com uma baleia e dezenove cachalotes mergulhando no oceano — acrescentei. — Pedi pra ele reduzir o número de cachalotes.

Milena morava num sobrado de fundos, em frente ao cemitério da rua Cardeal Arcoverde. Dividia o quarto com uma amiga. O aluguel era barato.

— Eu era apaixonada por essa amiga, antes de namorar o Fabrício — Milena explica. — Na verdade, fui atrás do Fabrício porque o amor por ela parecia impossível. Eu não sabia o que fazer com aquele sentimento.

Milena e Fabrício transavam à tarde, quando a amiga estava no trabalho.

Os pais de Fabrício vieram de Bauru passar uns dias na cidade. O filho fez companhia a eles, e Milena ficou sozinha por um tempo. Ela agora tinha uma cama nova, que comprara como presente de namoro para si mesma. Era uma cama de casal, que instalou na sala, para Fabrício e ela dormirem juntos. A amiga não gostava dele.

— A sala ficava no primeiro piso. Não a usávamos, porque a janela dava para uma loja de móveis. Os vendedores da loja podiam nos ver — explica.

Quando voltava do trabalho, a amiga tomava banho e jantava numa saleta do subsolo. Milena dormiu sozinha, em sua cama na sala, enquanto Fabrício fazia companhia para os pais. Uma noite, masturbou-se pensando na amiga.

— Comecei a chorar um choro descontrolado — ela me conta. — Mas aos poucos fui aceitando minha situação.

No último ano da faculdade — seu último ano juntos —, Milena e Fabrício dividiam pastilhas de LSD com anfetamina e saíam caminhando à noite pela avenida Paulista. As árvores do Parque Trianon se projetavam sobre eles, fosforescentes. Eram personagens de Robert Crumb: ele o homem de passos largos, ela a mulher de pernas grossas. Às vezes Fabrício ficava paranoico e enxergava mensagens satânicas nos comerciais de TV. Milena tentava brincar, claro que havia, John Carpenter tinha razão. Fabrício a mandava calar a boca, apavorado.

— Nessas noites escrevi o conto "O tigre e o ganso" — diz Milena.

— Você pode ler o conto pra mim?

Milena lê:

— "Um dia você sonha que ele mexe numa caixa cheia de comprimidos estragados e você vê um ganso com cabeça de tigre na parede, segue um menino que aparece no corredor e descobre que naquela festa todos são zumbis: e você acorda e ele está ao seu lado dormindo de cuecas e o ventilador está ligado. Você levanta e vai até a cozinha e antes disso passa pelo banheiro e olha seu rosto no espelho pois não lembra como ele é. Faz calor e você bebe água e ainda não esqueceu o sonho e liga o computador e o barulhinho bzzzz-tin-tin no silêncio da madrugada o acorda e você diz que ficou impressionada com o sonho e repete as partes mais importantes e quando chega na parte do tigre-ganso você explica que no pescoço, onde os pelos da cabeça de tigre se encontravam com as penas do corpo de ganso, não havia emendas e com pavor, no sonho, você percebeu que aquele bicho era biologicamente feito daquele jeito e você diz que nunca sentiu maior medo na vida..."

Milena segue a leitura até o final do conto.

Nos últimos meses do namoro, inspirado pelo LSD, Fabrício deixou de tomar seu estabilizador de humor. Entrou em mania, gritou da janela que era Shiryu de Dragão, o protetor da deusa Atena entre os Cavaleiros do Zodíaco, foi imobilizado por quatro bombeiros e levado em camisa de força até o pronto-socorro da Santa Casa. Acordou sorrindo e explicando que tinha sido a má digestão de um acarajé. Numa epifania, percebeu que Milena era a mulher da sua vida e chegara a hora de se casarem. Saiu espalhando a notícia.

— Ele me contou essa história, com um abraço emocionado, quando o encontrei por acaso no CineSesc — confirmo a Milena.

— Que vexame. Numa reunião do grupo de estudos você me felicitou pelo casamento.

— Ah, é?

— Precisei explicar a todo mundo que não ia casar — Milena esclarece.

Fabrício leu o primeiro livro de Milena na pandemia, quinze anos depois do lançamento. Gravou chorando uma mensagem de voz, que enviou pelo Facebook.

— Ele dizia: "Desculpa, Mi... eu não sabia que te fiz tanto mal" — Milena conta.

Ela respondeu também por mensagem de voz: "É só um personagem, Fá. Tá tudo bem".

Se Fabrício ler este livro daqui a quinze anos, será 2040. Quem de nós estará vivo?

Milena foi ao meu apartamento, pela primeira vez, quando eu morava na rua Aurora. Ela já estava formada. Veio com uma amiga de Fortaleza, que pretendia me entrevistar para uma pesquisa de doutorado.

— Ela se surpreendeu quando soube que você morava num apartamento alugado — conta.

A amiga era filha de psicanalistas. Morava sozinha num apartamento maior que o meu, com ajuda financeira dos pais.

— Quando saímos, ela comentou meio constrangida que sua decoração era tosca — Milena continua.

Desse prédio, Milena se lembra de um grafite de corpo inteiro de Cazuza, no hall do elevador. Era 1997. Ela já tinha um diploma, e sua mãe cortara sua mesada. Achou um emprego, que odiou desde o primeiro expediente. Seus últimos textos na faculdade foram frustrantes, frouxos. Ela organizou um volume com oito contos originais e mostrou a alguns professores. A mim, ela não mostrou. Foi uma professora quem me disse:

— Sei lá... não entendi a que vêm essas histórias.

Milena não me mostrou os contos porque sabia que eram ruins? Teve medo do meu julgamento?

— Foi uma fase meio perdida... eu não queria me arriscar — ela se explica.

Foi então que resolveu se candidatar ao mestrado, seguindo os conselhos de sua mãe, que era professora. Eu havia me aposentado, e pelas novas regras não podia mais orientar.

A professora de mídias digitais tinha uma vaga, e Milena apresentou um projeto sobre narrativa em videogames.

Naquele ano (já era 2000 quando foi aprovada) lançaram o jogo *The Sims*, um simulador doméstico. Solteira, morando numa edícula alugada, Milena passava as noites navegando na internet discada em busca de artigos sobre histórias interativas em universidades americanas. Quando cansava de ler, ela jogava *The Sims*: montava sua casinha, suas bonequinhas, mulheres em miniatura que podia controlar em suas repetitivas ações cotidianas: tomar banho, limpar a casa, ver TV, trabalhar. Ela também podia criar romances: quando uma bonequinha elogiava a outra, conquistava a oportunidade de roubar um beijo. Amassavam-se no sofá e faziam oba-oba na cama. Milena jogava e se masturbava.

Mexendo aqui e ali, nos sites de estúdios independentes, ela encontrou um jogo do tipo apontar e clicar, com cenas eróticas entre uma mulher e uma tigresa branca. A tigresa humanizada, de seios redondos, montava sobre uma mulher de longos cabelos negros.

— Como a princesa Ariel do desenho *Thundarr, o Bárbaro* — Milena tenta me explicar.

(não sei que desenho é esse)

No jogo, produzido por um estúdio alemão, a tigresa lambia os mamilos, o umbigo e a vagina da mulher. Era uma animação realista (a tigresa branca) misturada ao vídeo de uma mulher real. A tigresa descansava a cabeça entre as pernas humanas. Depois a comia em tribadismo frontal; a mulher (real) gozava intensamente. A tela mostrava em detalhe uma gota de secreção da tigresa, pingando.

Milena aproveitou os anos dedicados à pós-graduação. Numa aula, alguém lhe disse que eu andava deprimido, depois da aposentadoria. Ela me telefonou e marcamos um café na Galeria Metrópole. Eu agora morava num apartamento próprio, no edifício Pedro Américo, na avenida São Luís.

Sugeri uma antiga casa de chá, que havia fechado e eu não sabia. Rodamos pelo mezanino sem encontrar outra opção, até que Milena sugeriu o Rei do Mate, no térreo.

Estava vazio. Sentamos a uma mesinha de dois lugares.

— Você não pediu nada — Milena relembra. — Senti um pouco de vergonha de beber o mate com leite, que na época era almoço pra mim.

Ela me contou que no horóscopo chinês seu signo era Tigre. Que os tigres não desperdiçam energia. Atacam num golpe só, à distância, quando veem a presa certa. Falou de seu erotismo sem rumo, de suas errâncias sentimentais, acreditando que poderia me entreter com seus desacertos do amor.

Não lembro de nada disso.

— Você se distraiu — ela me conta. — Perguntou se tigres bebem leite.

Milena andava fascinada pela tigresa do jogo alemão.

Ela me pergunta se eu teria me casado nos anos 1960, se o golpe militar não tivesse acontecido.

— Boa pergunta.

Mesmo amando minha esposa, nos separamos. Observo nos casamentos um teatro; um jogo de pressões e repressões, de dominação e aceitação. Já tive relações com homens casados. Frequentei essas casas, como convidado, em convivência cordial com as esposas. Uma gentileza convencional, entre as mulheres e os namorados dos maridos.

— Isso ainda existe, os namorados dos maridos? — Milena questiona.

— Conheci casos assim. Tratava-se realmente de amor, entre os homens.

A porta enquadrava o jardim ensolarado da casa em Constantina, Argélia. Estávamos em silêncio, na sala. Na penumbra, cada um numa poltrona. Minha mão deslizou sobre o seu braço. Gregório se levantou rápido. Eu me aproximei dele, que me conteve com a mão espalmada:

— A Lílian!

Ela havia percebido nossa atração recíproca.

Gregório e ela conversaram; Lílian reagiu com simplicidade:

— Por que não?

O casal trabalhava na Universidade de Constantina. Uma manhã, também ensolarada, Gregório se deitou nu, do lado direito da cama. Eu do lado esquerdo, Lílian entre nós. Gregório imóvel, Lílian imóvel, eu imóvel.

Olhávamos para o teto. Um de nós se levantou e se vestiu. Quem foi o primeiro? Por que escolhemos essa tática? Por que não começamos com carícias engraçadinhas? Por que não caminhamos pelados pela casa? Por que a inibição, que paralisou aos três? Por que criamos esses jacentes?

Oito de novembro. Erupções da coroa solar. Em Northumberland, no Kansas, em Ontário, fotógrafos registram a aurora boreal. O sol emite partículas que nos atravessam a todo momento. Estão nos atravessando agora.

Alguns anos atrás, numa avenida, vi Lobo Correia caminhando em minha direção. Ele tinha quase oitenta anos, eu mais. Pensei em cumprimentá-lo, mas hesitei, e a oportunidade se perdeu. Meses depois, li a notícia de que havia morrido. Me arrependi por não ter feito as pazes com ele.

Eu era um homem de quarenta e tantos anos quando traduzimos juntos o poema em prosa de um cubano. Lobo então me convidou para escrevermos um romance em parceria. Mas ele falava, falava e nada de escrever. Até que um dia sentei em frente ao computador e inventei uma carta: uma mulher, em Roma, escrevia ao ex-amante no Brasil, queixando-se de uma amiga em comum. Lobo não demorou a responder, assinando como o vizinho que interceptou a correspondência do ex-amante ausente. Começaram a nascer as personagens. Já passávamos da metade do romance, quando Lobo mostrou o texto a uma amiga psicanalista.

— Thomas tenta te seduzir, e você resiste — ela observou.

O livro *Os convertidos* foi publicado. Saiu uma resenha de Lúcia Nagib:

"Um narrador se forma por fragmentos de cartas; um sobrevivente dos anos 60, que algum dia passou pelo fumo e as drogas, acreditou nos intelectuais como linha de frente do movimento de esquerda, sonhou com a vida de primeiro mundo em Paris, experimentou o sexo livre e agora, enterrado num Brasil sem graça e sem futuro, dá vazão às suas frustrações."

Lobo sentiu-se envaidecido com a boa recepção do romance. Esse contentamento de si mesmo me incomodava, o que não impediu que o editor observasse:

— Há entre vocês uma amizade bonita.

Uma cidade turística, nos arredores da capital paulista,

organizava um Festival de Inverno. Lobo e eu fomos convidados como palestrantes. Quando cheguei ao hotel, notei que ele estava acompanhado por uma mulher que não era a sua esposa. A organização do Festival reservou o mesmo quarto para nós dois. A mulher ficou em outro andar.

Num fim de tarde, depois de assistir a um quarteto de cordas no auditório a céu aberto, voltei para o quarto e encontrei Lobo na cama, dormindo profundamente. Estava nu. Eu não sabia se era uma provocação. Apesar do torso peludo, que em geral me atrai, eu tampouco sabia se o desejava. Tomei banho, e não tomei outra atitude. Preferi preservar a amizade, que me proporcionava momentos tão agradáveis.

Encerrado o Festival, ele me ofereceu carona de volta para São Paulo. De manhã cedo, escovei os dentes, pinguei uma gota de água de lavanda no pescoço. Fechei minha conta no hotel e me encaminhei ao carro preto, que me aguardava na entrada.

Abro a porta do passageiro e ele, ao volante, diz:

— Que delícia!

Delícia, eu? Ou a colônia?

Fatimah começava sua carreira de produtora cinematográfica quando sofreu um acidente de moto. Uma socialite que sonhava ser atriz a ajudou na recuperação. Já restabelecida, Fatimah teve a ideia de produzir um filme estrelado pela socialite. Esta realizaria seu sonho e ajudaria a encontrar investidores, com seus contatos.

Na época eu escrevia com Lobo um novo romance, uma história inspirada no encontro da soprano Montserrat Caballé com Freddie Mercury. Nossa personagem era uma diva esquecida, que mofava com suas glórias num apartamento luxuoso. Ela recebia a visita de um jovem roqueiro, que a convidava a estrelar uma ópera rock.

— Por que você me procura? Por que eu? — ela questiona.

— A ópera se chama *O matador*. É um guerreiro urbano. *Você* será o matador!

A diva se encanta com a chance de voltar ao palco. Imagina-se cantando: Vejam meu revólver/ e minha faca firme/ minha longa faca firme/ fincando a paz na cidade...

O matador era inspirado no Cabo Bruno; pesquisei muito.

Fatimah gostou da história. Às vésperas do aniversário dela, começamos a imaginar o filme. Num sebo, encontrei uma edição de luxo, ainda bem conservada, das fotografias de Richard Avedon. A capa exibia o famoso retrato da princesa napolitana. Fatimah abriu o presente e disse:

— Que respeito.

Fiquei tocado ao perceber que o livro lhe agradava.

A socialite viria à festa de aniversário. Fatimah se entusiasmou: seria minha oportunidade de propor a história a nossa futura atriz. Quando a socialite entra no salão, fico paralisado. Bem maquiada, esbelta, cintura fina. Acompanhada do jovem namorado. Ela não poderia ser a diva envelhecida e abandonada às lembranças. Desisti.

Lobo Correia não estava comprometido com nosso trabalho, desconfiava da qualidade da trama. O livro empacou. Lobo justificou dizendo que andava envolvido com algumas experiências literárias, sem dar detalhes. Tempos depois reapareceu, e finalizamos o texto.

Mostramos ao editor. Esperávamos que fosse bem recebido, afinal *Os convertidos* tivera ótima recepção. O editor nos respondeu através de uma carta: não conseguiu passar das primeiras trinta páginas.

Lobo se enfureceu. Vociferava:

— Ele não entende nada de literatura!

Respondi:

— Mas ele entendia, quando publicou *Os convertidos*?

Elogiei a honestidade do editor, Lobo me acusou de traição. Ele nunca mais telefonou, nem eu. Vi no jornal quando suas misteriosas experiências literárias foram publicadas. A jornalista elogiou suas longas frases, reverberações de Thomas Bernhard.

Bernhard me fascina.

— Mas você nunca escreveria assim — Milena sugere.

— Eu me enforcaria.

Milena encontra o romance da diva decadente num sebo online: *Ventos violentos*. Ela também não consegue passar das primeiras trinta páginas.

No apartamento da rua Aurora, tinha uma barra no batente da porta do quarto. Fazia exercícios ali toda manhã. Até que um dia me balancei e caí. Só depois da queda percebi que havia furos na barra para parafusá-la ao batente. Fiquei semanas de cama, assistindo telenovelas. Nunca esquecerei uma frase de Selton Mello: "Não gosto de pessoas que usam óculos escuros à noite".

Passei o réveillon de 2023 no hospital, por minhas fortes dores no braço. No Ano-Novo de 2024, estava internado outra vez, por causa de uma queda. Me disse o ortopedista:

— O senhor tem um histórico de quedas.

Milena acompanhou as notícias por mensagens de celular que minha filha enviou às pessoas próximas:

"Thomas está bem, porém com muita dor no braço direito. Provavelmente são dois fatores: a degeneração neurológica que já vinha de antes, e a fratura causada pela queda. Ele não consegue ficar na poltrona, deitado se sente mais confortável. Sexta tem consulta com o ortopedista. As quedas têm relação com o uísque. Quem for visitá-lo, é bom propor outras atividades que não envolvam bebida. Ele gosta de escutar lives e programas junto com os amigos. Ele se beneficia muito dos papos sobre cinema, arte, política, notícias etc. (em pessoa e telefônico). Bom, estamos assim, esperando melhoras. Beijos a todes."

Foi depois dessa última queda que minha filha contratou as cuidadoras fixas, que hoje se revezam. No hospital, havia uma prática dos auxiliares de enfermagem, na hora do banho: depois de te enxugar, eles te secam com secador de cabelos. Quando eu estava com o braço imobilizado, era Felipa quem me dava banho e me secava, como no hospital. Melhorei, no entanto mantivemos essa prática. Felipa me seca.

Felipa e Rovena me preparam o almoço, o jantar e o café da manhã. Elas são uma companhia. Evitam que eu beba. Durante o dia, tenho tonturas. Me apoio durante um tempo, antes de dar o primeiro passo. Se não houvesse alguém por perto, ficaria ansioso.

À noite, se precisar ir ao banheiro, aperto a campainha que toca no quarto delas, e elas me acompanham. Me sinto livre. Não é uma convivência de salão, como ocorre com Milena. Com elas, posso ter uma diarreia, posso peidar. Elas vieram me apoiar.

Ainda assim, há uma relação de poder. Felipa diz: "meu patrão". Eu preferia que não houvesse o degrau social.

Os salários das cuidadoras ultrapassam minha renda mensal. Tenho medo de que minhas economias acabem. Temo a pobreza, que experimentei na adolescência. Minha filha insiste que não devo me preocupar com isso.

Alfredo me ajudou a fazer as contas: dividimos o valor total das minhas economias pelo meu excedente de gastos mensais. O resultado é o número de meses em que terei dinheiro para pagar as despesas.

— Depois disso, chega a hora de morrer — brincamos.

Estou de meias novas. Meias pretas, marca Puma.

DE BAIXO PRA CIMA

Pés chatos se entortam
Neuropatia nas pernas
Osteoporose no quadril
Disfunção erétil
Flatulência
Hemorroidas
Segundo câncer da próstata
Incontinência urinária
Fraqueza muscular do braço direito
Dentes abalados
Degeneração da retina
Surdez progressiva
meus males são.
E tem mais —

* * *

Através de mim, Milena conheceu seu marido. Aposentado, eu retomava a carreira de roteirista cinematográfico. Um produtor de televisão me chamou para desenvolver um telefilme — um triângulo amoroso entre um professor de meia-idade, sua esposa e uma aluna. Aceitei o convite desde que pudesse trazer uma colaboradora:

— Precisamos de um ponto de vista feminino.

Milena veio ao meu apartamento na rua Aurora e expliquei o caso: o produtor já tinha definido começo, meio e fim do enredo. Escreveríamos as cenas, mas não poderíamos mudar a história.

— Não sei por que me contratou — expliquei. — Ele não gostou de nenhuma das minhas ideias.

Milena nunca escrevera um telefilme. Não se interessava por roteiro. Me perguntou:

— Você gosta mesmo disso? Escrever roteiros, realmente?

— Gosto, sim.

Na primeira reunião, o produtor nem olhou pra Milena. Na segunda, só olhava pra ela. O dinheiro não era muito. Só recebemos no final dos seis meses de trabalho, e dividi igualmente com ela.

— O produtor vigiava cada detalhe — Milena relembra. — Algumas páginas ele riscava inteiras. Você ficava furioso. Voltávamos juntos de ônibus, e uma tarde você me disse: "Eu já teria desistido se não fosse por sua causa". Era meu primeiro trabalho como roteirista. Você foi muito generoso.

Desde os anos 1960, eu sabia que o roteirista é o terapeuta do diretor. Naquele telefilme, achei que a aluna simbolizava a filha adolescente do produtor. Milena depois descobriu, através de uma amiga, que ele tivera uma paixão impossível por uma estagiária da TV, e a seguia de longe, como nas cenas do filme. A jovem real tinha a idade de Milena. Elas haviam se conhecido numa festa da faculdade.

— Por que você se apaixonou por aquele homem? — pergunto a Milena.

— Freud explica — ela responde.

O casamento durou seis anos.

É Mateus quem administra minha conta bancária, porque não enxergo. Às vezes me irrito porque ele demora a avisar quando paga um boleto.

Mateus se foi de São Paulo em julho de 2022, semanas após a morte de Yolanda, para ajudar a irmã dele numa campanha eleitoral. Depois conseguiu um emprego, ficou por lá.

Hoje ele telefonou para dizer que vai se casar. Terminou um antigo namoro e encontrou um novo amor. Há também motivos práticos, por isso farão a união legal, de papel passado. Querem financiar um apartamento.

Ele me pediu um presente de casamento. Conversamos sobre as possibilidades, ele escolheu um jogo de panelas e pagará com o dinheiro da minha conta, depois do dia 5.

Quando me casei, em 1964, meu chefe na editora nos ofereceu um faqueiro. Entendo que utensílios de mesa e cozinha são presentes usuais. Minha esposa e eu nos perguntamos:

— O que faremos com um faqueiro?

Preferimos uma vitrola.

Antes do noivo, Mateus teve um namorado que morava nos Estados Unidos. Encontravam-se duas vezes por ano. Foi por causa da ansiedade, na ausência do namorado, que Mateus começou a cultivar plantas. Escreveu um livro de poemas com o nome de sua folhagem preferida: *Coleus*.

Tempestades inundaram Porto Alegre, mais de dez mil pessoas desabrigadas. Yolanda era gaúcha, muitas vezes estivemos juntos na cidade. Vejo o desastre na televisão e me comovo. Em seguida me dou conta de que o apresentador da GloboNews é apenas um profissional pago para me comover.

O calor que não nos deixa em paz — já é quase inverno, e está quente como no verão. Os dias me abatem.

Fui com minha filha e seu primeiro marido a um dos desertos de Utah, são três ou mais. Há milhões de anos, a área era submersa. O mar chegava e recuava, ao longo do tempo geológico. O lago começou a secar no fim da última idade do gelo. A terra ficou úmida — uma camada de areia molhada, como uma praia, num fundo de lama. Humanos viveram na área e deixaram pegadas. Meu genro leu numa placa: oitenta e oito pegadas ainda estão ali no deserto.

Lá encontrei uma grande pedra escura, brilhante como chumbo. Plana, na forma de uma bigorna. Deitei sobre ela, muito fria. Senti uma relação erótica com essa pedra. Com meu genro e minha filha, eu não poderia me despir.

Já falei de pedras em minha autobiografia — é Milena quem relembra. A pedra é a Matéria — que não tem arejamento, não tem distância, não tem ironia, não pode dizer Eu.

— Sei que é uma raiz que Sartre analisa em *A náusea* — explico. — Mas prefiro que seja uma pedra.

Milena está sentada na poltrona em frente; ficamos em silêncio. Penso em dizer que nosso personagem, Thomas, tem medo de si próprio no futuro. Há um distanciamento dele em relação a algo que fará — por isso ele se evita. Finalmente, digo a ela:

— Vou parar de tomar alguns remédios.

— Quais remédios? — ela pergunta.

— A cortisona. O antidepressivo. Tomo dois. Um deles, quando acabar a caixa, não irei renovar.

— Algum outro?

— Os antirretrovirais.

Há um quarto de século, meus vírus são indetectáveis. Pesquisadores pelo mundo já testaram modificar o tratamento, reduzindo a medicação para dia sim, dia não; semana sim, semana não. Meu médico desconfia desses resultados. No meu caso, acha inadequado. Contra a opinião dele, estou disposto a tentar.

— O medo de si mesmo no futuro — Milena pergunta — é o medo do suicídio?

— Em outra época, tentei falar com Yolanda. Ela ficou aterrorizada.

Festival de Gramado, sessão de abertura. Os olhares se cruzam, se buscam. As mãos se aproximam, se tocam, se apertam rapidinho.

No jantar sento ao lado do Célebre Ator, defendemos nossas fitas preferidas, os dedos se roçam novamente. Após o último filme, pego a chave e subo. O Célebre Ator está em pé no fundo do corredor, iluminado pela porta aberta de seu quarto. Fico imóvel diante dele. Olhos nos olhos.

Ele quer apenas conversar? Ficar perto, só isso?

Abro a porta e entro — no meu quarto.

No café da manhã o Célebre Ator se distanciou de mim.

Agora há um palco: um orador declama, todos assistem em pé. Me viro pra direita e percebo o olhar pungente do Célebre Ator. Uma mulher pequena ao seu lado. Olho novamente para o palco.

Um terceiro encontro, na saleta de um velho teatro. Os corpos não resistiram, se abraçaram e se desequilibraram em cima de um canapé de veludo rasgado. As línguas se chupavam. O Célebre Ator sugere:

— Está na hora de deixar os espectadores entrarem.

Saímos discretamente pela porta lateral.

Um motorista nos conduz ao sítio. O Célebre Ator e eu no banco de trás, de mãos dadas, quase desmaiados. Vamos direto para o quarto. O perigo estava afastado?

Tiramos a roupa na cama. Ficamos nuzinhos, seu peito ainda é coberto por pelos grisalhos. Não estranhei o revólver, em cima da mesa. Havia uma lógica. Tínhamos a mesma doença. É como se ele visse por um canudinho, em volta tudo preto. Eu via tudo desfocado e manchado, mas enxergava. Via melhor do que ele, pelo que eu tinha entendido, pelo que ele tinha entendido.

Sim. Não vou tentar te dissuadir. Ao contrário, te apoio, te abraço, te beijo. Chamei um Uber. Último olhar. Caminhei em direção ao portão do sítio, entrei no carro. Estava atento, mas não ouvi nada. Por ternura, esperou que eu estivesse longe para atirar.

Acordei assustado. O sonho acabou. Peguei o jornal. A primeira página noticiava a morte do Célebre Ator.

* * *

O fogo atingiu os andares 19º e 20º do edifício Louvre às dezesseis horas desta quinta-feira.

Meu apartamento fica ao fundo, no edifício Pedro Américo. Mesmo sendo outro bloco, o prédio foi evacuado. Rovena me ajudou a descer até a portaria. Os elevadores foram desligados. Os moradores ficaram esperando lá embaixo, velhos enrolados em suas cobertas foram instalados nas poucas cadeiras. Uma ou duas pessoas de máscara, vendedores ambulantes passavam oferecendo refrigerantes. Os vizinhos mais jovens, olhando seus celulares, seguravam seus cachorros no colo. Rovena via a fumaça no alto do Louvre.

Alfredo veio me encontrar. Um cachorrinho na coleira latia estridente.

Chegaram cinco equipes de bombeiros, e o fogo foi controlado pouco antes das oito da noite. Ninguém ficou ferido. Os bombeiros jogaram água da cobertura para extinguir qualquer chance de o fogo reaparecer. Alfredo me acompanhou de volta ao apartamento e fez uma foto quando eu me sentava novamente na poltrona salmão. Minha filha curtiu com um coraçãozinho.

Dias depois, ainda não sabiam o motivo. Havia uma reforma no 19º andar: o material descartado, acumulado num dos cômodos, pode ter entrado em combustão.

Tenho lido sobre capitalismo financeiro, o dinheiro que se reproduz a partir de si mesmo, sem que nada aconteça. Me pergunto como isso afeta nossa forma de pensamento. Nossa sintaxe. Eu teria adorado estudar linguística e etimologia. A história das palavras, camadas do passado. Assim como os telescópios, que nos mostram o que aconteceu há milhões de anos.

Uma sensação de inconcretude me acompanha há dias.

Gustavo Fioratti escreveu, sobre minha autobiografia:

"Caminhamos então para os problemas da velhice, uma compreensão vasta de que o passado está presente, o que a escrita acentua com o uso progressivo da terceira pessoa para falar de si. E vamos ouvindo a voz de Tremblay numa espécie de afastamento oblíquo, como uma história que se refaz."

Um barulho atrás da poltrona salmão. Rompeu-se uma haste que segurava um grande xaxim de samambaia.

Rovena ouviu o barulho, corre pra sala.

Levanto da poltrona, enquanto Rovena segura o xaxim, ajeita as folhas da samambaia e apoia o vaso no chão.

Um dos ramos se partiu. É um longo ramo, que Rovena quebra em três pedaços e leva para o lixo na área de serviço.

Busco imagens de Yolanda em Paris. Estivemos lá juntos, uma ou duas vezes. Uma imagem banal, ela poderia estar, a Torre Eiffel ao fundo, uma tarde de primavera, padam padam padam na voz de Edith Piaf. Vejo Lucienne na minha frente, ela toma um café. A seu lado Jean-Marc, seu marido e meu amigo. Ela nunca percebeu, é o que pensamos, somos ingênuos, ela preferiu evitar um escândalo, com choros e gritos, livros voando pela janela e portas batendo. Bebo um suco de laranja ligeiramente apimentado, adoro. Seria só me aproximar um pouco de Jean-Marc ou de Lucienne para lhe abrir um espaço. Yolanda não está à mesa.

Ela poderia estar em outra imagem banal. Uma mesinha

redonda num dia de maio ou de outubro. Então tomaríamos um limão quente, que não é nada mais que sumo de limão com água quente, ela diria que sim, mas talvez não o tomasse até o final. Eu adoro, um fetiche meu, como comer ostras na Place de Clichy com um vinho branco seco. Cestos cheios de ostras fechadas ornamentam a fachada. Mais adiante, costumava ir com Mireille comer crustáceos com fritas e cerveja. Nunca levei Yolanda a esse restaurante belga.

Levei Yolanda aos Nenúfares, outro fetiche. A obra de Monet está no Jeu de Paume do Jardin des Tuileries. Contemplar essas pinceladas e ser aspirado por elas, ao infinito. Foi essa a vivência de Yolanda?

Numa viagem a Roma, não fomos a Pompeia. O embaixador, com quem Yolanda teve um namorico (palavra dela), nos recebeu no palácio da Piazza Navona. Me ofereceu um quarto modesto que fora ocupado por um secretário de Lula. Percorrer a galeria e alcançar os aposentos de Yolanda levava minutos. A embaixatriz era uma chilena loira. Fazíamos as refeições fora para evitar os serviços do mordomo, aliás um brasileiro encantador. Visitávamos museus e igrejas, principalmente a obra-prima rococó da Via Veneto. O subsolo da igreja, paredes e tetos, está recoberto por ossos de monges franciscanos que seus irmãos carregaram ao longo de seus traslados (mais informações no folheto da igreja). Uma noite aceitamos um convite para jantar, o embaixador na cabeceira, a embaixatriz à sua direita, eu à esquerda em frente à embaixatriz, Yolanda a meu lado. O casal resolveu visitar Pompeia. UAU! Amassados no banco de trás, aturaremos a senhora embaixatriz e seu pedantismo. Por, acredito, resquícios de ciúme, Yolanda declinou o convite. Teria gostado de me confrontar com a morte seca e calcária após meu encontro com a morte frívola e sinistra da Via Veneto. Fomos às compras. Talvez um paletó, ou dois pares iguais de calçados Camper, estreitos, pretos com cadarço vermelho.

Campainha. No meu apartamento, ninguém atende. Nova tentativa. Nada. Milena desce até o saguão do prédio, por que seu Chico não avisou? Mas é outro porteiro agora, que diz a ela:

— O sr. Thomas passou, pegou um envelope e saiu.

No saguão, móveis desatualizados. Milena não sabe se espera, vê a imensa poltrona vermelha, senta-se.

— O sr. Thomas estava com um rapaz. De mãos dadas — acrescenta o porteiro.

Milena tenta decifrar se ele está sendo: (a) sarcástico; (b) informativo; (c) fofoqueiro.

Desiste, pega o celular, tenta descobrir o que aconteceu. Há uma mensagem de voz que ela esqueceu de ouvir. A cuidadora avisava que Thomas teria hoje um compromisso de trabalho. Outro trabalho.

Milena sai do edifício. Atravessa a rua. Incrédula ainda, observa o prédio diante dela. Conta os andares, tentando localizar a janela de Thomas. Não tem certeza... o mezanino já é o primeiro andar? A partir de qual pavimento ela deve começar a contar?

Ela vira a esquina e sobe a avenida Ipiranga. Nos últimos meses, toda quarta-feira, ela espera o ônibus em frente ao hotel Hilton. Sempre às 6h15, ao entardecer. O ponto cheio de pessoas que saem de seus empregos, já no escuro, todos olhando os ônibus que se aproximam subindo a avenida.

Há muitos anos, quando Thomas ainda enxergava, quando ela era assistente e ele um artista requisitado, eles faziam breves reuniões de trabalho no bar do hotel. Era um bar no subsolo, na antessala do teatro Hilton, que foi permanentemente fechado.

Thomas bebia Campari. Por muito tempo, Milena também bebeu Campari, porque tudo que ele fazia lhe parecia especial.

Filmagem em Tiradentes. Somos atores, deitados numa cama de casal, reclamando da falta de cachê. Jogo cartas com uma moça de sutiã. Alfredo rói as unhas, de óculos Ray-Ban. Um rapaz canta ao violão: "Ai ai, meu Deus, tenha pena de mim…". Todos esperamos o diretor, impacientes. Ele entra pela janela, arrancamos sua roupa, nenhum dinheiro.

O cineasta quer filmar uma cena de sexo explícito. Tem cachê. Aceito.

Com homem. Estranho:

— Pela estrutura do personagem — argumento — deveria ser uma garota de programa.

O cineasta quer um homem. Aceito.

— Então vou escolher o ator.

Sugiro Gustavo Vinagre. O cineasta aceita.

Chuparei o pau do ator. O fato de ser um filme, o fato de ser um personagem, me protegem. O jogo de sedução é eliminado. É ficção.

Começo a chupar, eu gosto, a equipe comenta. O cineasta pede para mudar o ângulo. O garoto de programa não fica em ereção. Nova mudança de ângulo, para que se veja apenas a glande encostar nos meus lábios.

Peço ao garoto de programa que se retire. Ele se dirige à porta. Eu o agarro e o beijo, ele corresponde. Tiramos a roupa.

A equipe e seu equipamento já se retiraram. Eu chupo e ele se espalha na cama. Ele está de pau duro e geme. Suas pernas se dobram, o pau se afunda na boca, ele goza. Sinto a gentileza dele, como se me dissesse: "Pega, te empresto meu corpo". Me levanto e visto a cueca:

— Agora sim.

Milena não reclamou do desencontro na quarta passada. Voltou no horário habitual. Tira as coisas da mochila: caderno, tablet, caneta, garrafa d'água (o tablet vem embrulhado numa flanela xadrez, não perguntei o motivo). Digo:

— Uma história. É bom você anotar.

Ela aciona o modo "não perturbe" do celular.

— Começo a contar?

— Sim.

— Uma história com Gustavo Vinagre.

— Posso usar o nome dele?

— Não.

Não sei bater papo. Gostaria, mas não sei. Não sei dizer Ontem choveu canivete, me molhei todo. Logo penso na chamada crise climática. Também não sei fazer turismo, a não ser em museus. Prosear sobre inteligência artificial ou influência do mercado imobiliário sobre a adolescência, logo me improviso sociólogo ou psicanalista. Visitar o Coliseu, escutar música maximalista... é um prazer, com certeza, mas não relaxo: me cultivo, me instruo, reaparecerá numa palestra ou num livro como este. Não direi De sapato novo? Milena não responderá Um presente, um pouco apertados. Não, nos sentamos rapidinho, ela puxa seu caderno, me pergunta Cê pensou alguma coisa pra hoje? Sei lá, conto uma lembrança sexual, ela leva a sério, irá embora e eu me arrependerei de ter falado.

Passam-se cinco dias. Alfredo vem me visitar. Conversamos sobre filmes e livros, ele me conta da pré-estreia de um documentário sobre um intelectual nonagenário. Elogia o ator que narra os diários do nonagenário:

— É discreto e afetuoso. Pronuncia o francês e o italiano perfeitamente.

Alfredo tem sido cada vez mais carinhoso comigo (nem sempre foi assim). Me faz elogios, me oferece ajuda para levantar e caminhar. Ontem ele disse:

— Sinto falta de Yolanda. Era uma grande personagem.

A frase de Alfredo dá início a uma espiral de dúvidas: Yolanda tinha voz. Yolanda tinha opiniões. E Milena? Ela é uma personagem forte o suficiente para este livro?

Na quarta-feira, quando Milena chega, despejo sobre ela minha insegurança:

— Não quero me repetir. Sua personagem precisa aparecer mais.

Milena me olha em silêncio. Definitiva.

— Já estamos no final do livro. Não vamos reescrever tudo.

— Não aguento mais esse "eu" que uso desde os anos 1990 — insisto.

— Você tem medo de se repetir ou de se expor?

A discussão se interrompe. Pela janela, entra um ruído metálico, como se descarregassem vigas de construção. Milena fecha o vidro.

— Nosso "eu" é uma ilusão — ela fala. — Você escreveu quantas páginas? Quantas fui eu? Ninguém vai saber.

Quando começamos este projeto, quatro pessoas a alertaram: "Não esqueça de você mesma", disseram. "É ele quem vai aparecer", avisaram. Milena se sentiu amada. E ignorou os conselhos: o livro foi narrado na minha voz. Pra ela é confortável esconder-se neste "eu", que não sou eu. Agora ela lerá o texto para mim, página por página, para a revisão final. Com duas reuniões semanais, ela calcula que em dois meses teremos o livro pronto.

— Você está com pressa de terminar? — pergunto.

Milena sonha. Um pesadelo. Ele. Ele. Ele. Na frente dela seis cadernos de anotações, e um sétimo inacabado; terá que reescrever tudo? Essa letra manuscrita arredondada lhe dá repulsa. Deixou que esse homem a corroesse. Pegar esses cadernos e dar para ele? Devolver pra ele? Sempre formal, a trata como se quisesse roubar a vida dele. Colocar num vidro com formol. Seria isso? Eliminá-lo? Deixá-lo numa estante junto com os dicionários? Dicionários do seu pai.

Uma amiga diz a ela:

— No CineSesc vai ter uma palestra sobre inteligência artificial e degradação ambiental. Topa?

— É que hoje é quarta-feira.

— Entendi. Cê vai ver seu querido fulano.

O fulano sou eu.

Toca a campainha, empurra a porta. Toda vez sente que seu corpo não quer entrar. O porteiro nem perguntou aonde ela vai. No elevador reza para que a porta não esteja aberta. Que ela se aproxime e possa hesitar ao apoiar o dedo no botão da campainha. Entra. Beijo/beijo; vamos falar sobre o quê, hoje? Pergunta.

Fica pronto o filme com Gustavo Vinagre. Vou à exibição para a equipe, trocaram o projecionista sem avisar, a qualidade é péssima. Não entendo uma palavra. Há pouca gente na sala, levanto-me antes do fim. Ao sair, estendo a mão para não esbarrar na porta de vidro. Alfredo nota e me segue. Subimos até a rua de cima, onde encontramos um táxi. Deixo Alfredo no teatro dos Satyros e sigo para casa sozinho.

A *Gazeta* publicou um artigo de Antonio Callado, em 1º de junho de 1996:

"Thomas Tremblay conta em seu livro autobiográfico como pegou e como convive com a Aids. O livro tem apenas 68 páginas e me encheu de piedade — e de raiva.

"Conheci Thomas ligeiramente nos anos Sarney. Thomas, ator, vinha de São Paulo, com seu jeito canadense dos branquérrimos e corados, seu grande e elegante esqueleto onde ele pendurava camisas alvas e fazia intervenções cinematográficas. Conversamos na coletiva de imprensa.

"Agora me apareceu Thomas neste autorretrato sombrio, trágico, desbocado e no qual narra suas imprudências pré-Aids com uma *insouciance* que me revoltou. Quando Thomas pega Aids, as pessoas querem saber como e quando, um tanto, digamos, por curiosidade, mas igualmente para tratá-lo, para ver o que se pode fazer. Conta Thomas:

"'Não, não posso lhe dizer quando fiquei sabendo [...] foi, foi, pronto, Alphonse, Paris 84, ninguém se preocupava muito, ninguém falava em camisinha, virtuoso da foda, não havia como resistir a Alphonse; tinha-o conhecido numa festa de gente da alta [...] essa gente não devia estar contaminada. [...] A caminho de sua casa, mais uma foda genial. Alphonse me conta... cortar a foda, isso não. [...] Fernando transava por fora, eu também, com os outros me protegia. Um acidente com a camisinha no fim dos anos 80. E daí?'

"Daí? Aids."

Meu livro termina com esta frase: "Podem cremar meu cadáver ou enterrá-lo num caixão, à sua escolha". Callado não gostou. Ele era um homem cultivado e cosmopolita, nos dávamos bem. Teria gostado do livro se não estivesse, ele também, morrendo.

Milena me defende:

— Se ele chega à conclusão de que você "conta como pegou aids", ele não entendeu nem a primeira linha.

A primeira linha de *O estrangeiro* é: "Hoje, mamãe morreu. Ou talvez ontem, não sei". Se reescrevesse *Vírus, e daí?*, a primeira linha seria: Foi, foi, pronto.

(Quando morreu Beatriz Segall, um jornal publicou: "Morre Odete Roitman".)

Existem livros bem pesquisados com as histórias da aids no Brasil. Participei das primeiras reuniões em São Paulo, nos anos 1980, quando se buscavam informações e o que poderia ser feito. Houve um encontro com um médico (insuportável) de nome italiano. Depois procuramos o secretário de Saúde. Eu não via a doença como meu problema. Era um problema coletivo. Os livros publicados esclarecem quem esteve em qual ocasião. Numa entrevista, eu disse que Zaidan esteve num encontro importante que houve, na Faculdade de Medicina. Ele leu minha declaração e disse que não, nunca participara daquele encontro.

Naquele dia, naquela hora, haveria uma reunião de professores na universidade. Avisei ao chefe do departamento que não poderia estar presente. O encontro com o secretário de Saúde tinha sido divulgado no jornal. O chefe do departamento se inquietou: Eu estava doente? Respondi que não.

Paulo Francis compreendeu meu livro *Vírus, e daí?*. No programa *Manhattan Connection*, ele comentou três autores que escreveram sobre a aids. Dois eram americanos. Dos três, somente eu não me lamentava, ele disse.

Em *Vírus*, o Fernando é meu companheiro. Antes de ficarmos doentes, muito antes de sua morte, fomos assistir a um filme no MIS. A projeção acabou e permanecemos na sala, nos olhando, um ao outro. De repente, percebemos que a sala já estava vazia. Restava apenas uma moça, que nos viu e comentou:

— Nunca vi duas pessoas ligadas assim.

Gazeta Paulista, 29 de janeiro de 1997:

"Morre aos 80 o escritor Antonio Callado

[...]

Callado sofria de câncer na próstata desde 1984. Ele foi operado duas vezes — a primeira em 84, nos Estados Unidos, e a segunda no Rio, em 89. Em 94, os médicos constataram que o câncer havia se generalizado [...] Nesses últimos três anos, para combater a metástase óssea, Callado passou a se submeter a sessões de radioterapia que debilitaram sua saúde."

Quatro dias antes da morte, o mesmo jornal havia publicado uma entrevista com ele:

"Para mim, agora, morrer ou não morrer é exatamente a mesma coisa [...]. Tem essa história que há água em Marte... É interessante, é claro, mas não tem importância também."

Callado considerava *Reflexos do baile* seu melhor romance.

Completarei oitenta e oito nesta sexta-feira.

Encerro este livro com uma frase de *Reflexos do baile*:

"[...] quando passamos ao salão dos fumos e licores, no centro de uma salva de prata, uma garrafa daquele porto que me é tão caro, *fortified*, safra de 1945, dirás que o resto do relato é dispensável."

Originais roubados

Anjos da noite. Wilson Barros, 1987.

Compêndio. Eugênio Puppo; Ricardo Carioba, 2014.

Copo vazio. Dellani Lima, 2019.

Daniel Lühmann. Tradução de *O desejo homossexual*, de Guy Hocquenghem.

Os fóbicos. Kiko Goifman, 2008.

"Fóbicos motivam debate em Brasília". *Gazeta Paulista*, 22 nov. 2008.

Gustavo Fioratti. "Memórias interrompidas". *Revista Dois Três Três*, 13 dez. 2023.

Indigo Ayer. "Retiro de escrita para criadores e suas criaturas", 2024.

Ivo Barroso. Tradução de *Poesia completa*, de Arthur Rimbaud.

Jaime Pinsky (org.). *As faces do preconceito*, 2006.

Leon Battista Alberti. *Da pintura*, 1435.

Lúcia Nagib. "Notícias do reino da conversão". *Gazeta Paulista*, 31 jan. 1993.

Luiz Zanin Oricchio. "Diário de Brasília: Ganharam os fóbicos". *Gazeta Paulista*, 26 nov. 2008.

Maria Paula Gurgel Rodrigues. Tradução de *Manifesto contrassexual*, de Paul B. Preciado.

Paulo César de Souza. Tradução de *Além do princípio do prazer*, de Sigmund Freud.
Paulo Henriques Britto. Tradução de *Fantasma sai de cena*, de Philip Roth.
Roberto Piva. "A Coreia é na esquina". *Revista Mercúrio*, 1996.
Sergio Tellaroli. Tradução de *O náufrago*, de Thomas Bernhard.
Silviano Santiago. Tradução de *Poemas*, de Jacques Prévert.
Thomas Tremblay. *Vírus, e daí?*, 1996.
Thomas Tremblay; Lobo Correia. *Os convertidos*, 1993.
______. *Ventos violentos*, 1996.
Ygor Kirkov. *Homossexualidade em família*, 1969.

ESTA OBRA FOI COMPOSTA PELO ESTÚDIO O.L.M./ FLAVIO PERALTA EM MERIDIEN
E IMPRESSA EM OFSETE PELA GRÁFICA BARTIRA SOBRE PAPEL PÓLEN BOLD
DA SUZANO S.A. PARA A EDITORA SCHWARCZ EM AGOSTO DE 2025